蟻の婚礼

SAKARI TESHIMA
手嶋サカリ

CHOCOLAT BUNKO

ILLUSTRATION Ciel

CONTENTS

女王の命尽きるとき、この地に選定のいかずちが遣わされる
永訣《えいけつ》の闇を切り裂く光が告げるのは、蟻《あり》の婚礼のはじまり

＊＊＊

――寒い
ぶるりと身体が震え、夢中で砂粒を避けていたミコトは、本能の声に呼び戻された。

こつこつとコケをはがしていた手を止め、顔を上げるとあたりがうっすら白んでいる。いつのまにか、夜が明けていたらしい。

研究に使う植物採集にはいつも時間を忘れてしまう。植物園とは名ばかりの寂れた大学の裏庭で、疲れに霞《かす》んだ目を瞬《しばたた》き、ミコトは日の出を眺《なが》めた。

遥《はる》か遠くの空にこのコロニーを外界と隔《へだ》てる巨大な氷の壁が見え、そこから白っぽい太陽が顔を出している。

太古《たいこ》の昔、この太陽は今の何倍も強く輝いていたという。

その頃地上は植物と水に覆われ、たくさんの人が行き交い、今よりずっと多くの生きものがいたらしい。

今、この地を覆うのは緑ではなくどこまでも続く分厚い氷で、ミコト達が暮らしている

のは、その氷河の間にわずかに露出した大地だ。

神話では、地上がすべて凍《こお》りつき人間が死に絶えた時、蟻の神が零した涙の一滴が氷を溶かし、この小さな土地が現われたとされている。

神話の前の時代のことを、ミコトは時々考える。一面の氷のかわりにどこまでも緑が続いていたなんて、夢のような光景だ。太陽の光が強かったということは、今と比べて暖かく、ヒムカイソウやヒカリワラベなんかの薬草が良く育っただろう。

そして何より、触角《しょっかく》のない自分も、蟻人《ありびと》と同じようにのびのびと暮らせたに違いない。

ミコトは無意識に右耳の上を撫でた。

——なんで僕には、みんなとおなじ『つの』がないの
幼い頃、良くそう聞いては優しい祖母と両親を困らせた。

両耳の斜め上から生えている蟻人の触角は、極端に気温の下がったこの地上で生き抜くために発達したらしい。触角で太陽の光を集められるので身体が大きく強く育つと昔から言われ、最近の研究では触角自体に身体を保護する働きがあると分かりはじめている。

——寒い
もう一度身体がぶるりと震え、ミコトは「やば」と呟《つぶや》いた。

この世界の寒さは、ミコトの身体には厳《きび》しい。幼い頃から、何度寒さで命を落としかけたか知れない。この弱さこそが、ミコトがとうの昔に絶滅したはずの『人間』である証《あかし》だ。

触角の有無しか違いはないのに、人間の身体は蟻人に比べてひどく脆弱《ぜいじゃく》だ。

早く研究室に戻らないと。いや、この時間なら食堂に行って、朝食のスープで身体を温めるのが良さそうだ。

でもどうやら、そこまで身体が持ちそうにない。ミコトは胸元からペンダントを引きだすと、その小さな銀細工の器の蓋《ふた》を開いて中身を口に含んだ。腰ひもに結わえていた銅の水筒を唇に押し当て、流し込む。中の煎《せん》じ茶は冷え切っていて、喉が氷のナイフで切り裂かれるようだった。

目をつむり、ぎゅっと両腕を抱いて煎じ茶と薬草の効果が表れるのを待つ。

寒さに縮こまりながら、大丈夫、大丈夫と自分に言い聞かせていると、それはやがて懐かしい響きに変わった。

『……大丈夫、大丈夫。こぼさないで全部お飲み』

しわがれた温かな声と、背中を何度もさすってくれた骨ばった手。いつ命が潰《つい》えてもおかしくなかった自分を励《はげ》まし続けた、魔法の言葉。

『全部飲んだね。偉いね、ミコト。これでもう大丈夫さ。――あんたはとぉっても、強い子だから』

薪《まき》をくべた小さな暖炉《だんろ》の前に座る祖母と、いつまでも粉薬にむせている自分が瞼《まぶた》の向こうに浮かんでくる。

『やっぱり、もう少し飲みやすいのをこしらえるかね。ばあさまは何と言ってたっけかな』

――コホッ、ばあさま？　ばあさまにもばあさまがいたの？

『そりゃあ、いたに決まってるさ。生き物ってのはずーとこう、つながってるからね。ばあさまにもばあさまがいて、そのまたばあさまもいる』

――つながってる？

『そうさ。たとえばお前のこの亜麻色《あまいろ》の髪、おんなじ色の綺麗《きれい》な目なんか、ばあさまのばあさまにそっくりだよ』

――そうなんだ。ばあさまのばあさまはどんなばあさまだったの？

『そうだねぇ。ばあさまのばあさまや、そのまたばあさまは、それは偉い『くすし』だったんだよ』

――くすし？

『いろんな草を使って人間のヤマイを治す蟻人のことさ。人間を守り、助け、人間と蟻人が一緒に暮らせるようにする、えらいえらいおひとさ』

――ばあさまも僕をなおしてくれるよ？　ばあさまも『くすし』なの？

『……わしは到底、『くすし』などとは言えんねぇ。人間が、ほとんどおらんようになったからね。時代が変わったのさ』

コロニー創世の神話はこうだ。

女王蟻は滅びゆく『人間』に『蟻』の命を与え、そこで『蟻人』が生まれた。『人間』と『蟻』はひとつの命となり、蟻の神と女王に守られて暮らすこととなった――。

つまり蟻人は、蟻神が『蟻』と『人間』を融合させて作った存在で、だからこの世界から『人間』と『蟻』は消えたはずだけれど、現実には、ごくまれに蟻人の家に『人間』の子供が生まれる。

自分はそのとても珍しい一人だとミコトが理解するようになったのは、五、六歳の頃だった。

そしてそれを理解するのと同時に、『人間』は何故か『蟻人』に嫌われていて、どんどん数が減り続けているらしいということも、幼いなりに感じ取っていた。

――ばあさまはどうして僕をなおしてくれるの。『つの』がないからすぐしぬって、『にんげん』のお前はどうせ役立たずなんだからって、みんな言うのに

『誰が何の役に立つかなんて、ひとの決めることじゃないさ。それを知っているのはかみさまだけさ』

『つの』のない外見や、すぐヤマイにかかり、具合が悪くなること。それらをからかわれて傷つくたび、祖母は繰り返しミコトに言って聞かせた。

『いいね？　人間も蟻人も、わしもお前も、かみさまから命をいただいた。かみさまは役目を知っていてくださる』

祖母は何度も頭を撫でてくれた。

懐かしく温かい、遠い記憶。

祖母の手の感触をありありと思い出しながら、ミコトはゆっくりと目を開いた。

『役立たずなんて、自分で言うもんじゃないよ。——お前は強い子なんだから』

分かってる。分かってるよばあちゃん。だから、俺は今ここにいるんだ。

そっと胸の裡《うち》で呟いて、さっき取りだしたペンダントを眺める。十歳の時亡くなった祖母の形見のそれを見ると、ミコトはいつも勇気づけられた。

小指の先ほどの銀細工のペンダントトップは、薬を煎じる様子を図形化した紋様《もんよう》が彫られた円柱形で、中に物が入れられる。薬を持ち歩くために作られたもので、祖母の血筋が代々薬師をしていた証なのだという。その紋様は、その昔優れた薬師が女王から賜《たまわ》った銀の器に彫られていたものだとか。

円と線からなる紋様の他に、古くから伝わる薬師の銘《めい》が、そこには刻まれている。

『百の花を集め、百の器を満たさんすべての尊き命のため』

祖母が村に嫁いでくるずっと前から、もう薬師は廃業していたらしいけれど、自分はいつか、薬師になれたらいいと思う。それも、人間だけでなく、蟻人も助けられる薬師に。

蟻人は人間と違って強いから、ケガやヤマイに悩まされたりしないけれど。

自分でも笑ってしまうほど壮大《そうだい》で、滑稽《こっけい》な夢を確かめるように、ミコトはぎゅっとその

小さな塊《かたまり》を握りしめた。

「聞いたか。神学専攻のやつがひとり、ここの給仕《きゅうじ》を孕《はら》ませて退学だそうだ」

早朝の食堂は、人影まばらだ。離れた場所の会話が耳に入って、ミコトは朝食のスープから顔を上げた。黒髪を綺麗になでつけた学生が二人、含み笑いで話している。

「それはそれは。神学専攻ってことは宮家の出だろ。ワーカーに手を出して降格なんて、愚《ぐ》の骨頂《こっちょう》だな。そんなに美しい給仕、見かけたことはない気がするが」

このコロニーでは、身分がすべてだ。階級は第一級からはじまって三十にも分かれ、生まれ持った階級で職業、住む場所、結婚相手までが決まる。階級が高いほど知能も身体能力も高いとされ、高度な教育を受ける。

現にこのコロニー唯一《ゆいいつ》の大学に通うのは第五級以上、マスタークラスと呼ばれる王族をはじめ官吏《かんり》や上級軍人そして神職など、このコロニーの支配階級ばかりだ。一方人口の八割を占めるワーカークラスは、農業や狩猟《しゅりょう》、肉体労働に従事《じゅうじ》している。同じコロニーに暮らしていても、マスターとワーカーの人生が交わることはない。

けれど時に、知能が高いはずのマスタークラスの中にも、異なる階級間での結婚を強く禁じたコロニーの法律に反する者がいる。その手の話題は学生たちの大好物だ。

法を犯すほど好きな相手がいることは、それはそれで幸せなのではないかとミコトは思ったりするのだが、彼らは一様に堕ちた元学友を愚《おろ》かだと笑う。

「ん？　おい、あそこ。大学に『人間』がいるって話、本当だったんだな」

「ああ、驚くだろう。正規の学生じゃないらしいが……『人間』なうえ、第五区域の出身らしい。何でも両親の昇格と引き換えだったとか。報奨制度も善し悪しだな」

そのうち、二人が明らかに自分の話をはじめたのが分かって、ミコトは目を瞬いた。

この程度の侮辱《ぶじょく》には慣れているのでどうということはない。ただ、自分が二枚も上着を着込む寒さの中、薄い長そでシャツの襟元《えりもと》を寛《くつろ》げている彼らの強さが、わずかに羨《うらや》ましい。

「第五区域ってことは二十五級より下か。そんな下層民自体、初めてお目にかかるな」

「おい、あんまりじろじろ見るなよ」

「見てると誘惑されかねないって？　ハッ、人間に近付くなんてありえないだろう」

身分が絶対のこの社会で、人間は階級すら与えられていない最底辺の存在だ。一昔前は物乞《ものご》いや娼婦《しょうふ》などをして糊口《ここう》を凌《しの》ぐ人間が多かったせいで、人間はやたらと下賤《げせん》で淫靡《いんび》な存在に見られる。

自分がとても幸運だったと、ミコトは知っている。

コロニーの人々が今より何倍も信心深かった昔、人間は蟻人の祖先として大切に扱《あつか》われ

ていたらしい。けれどさまざまな時代の変化で、人間はコロニーの隅へ追いやられることになった。

今生まれてくる人間は、ろくに面倒を見てもらえず、たいてい生後間もなく命を落とす。まれに蟻人の親に見捨てられずに成長しても、外で働くことはできず家族の厄介《やっかい》になって細々と暮らすのがせいぜいだ。

けれどミコトの家は少し事情が違った。一家の長であった祖母がとても信仰に篤く、また古くは人間の面倒を見る役目を持った薬師の家の出身で、虚弱《きょじゃく》な人間の身体を生かす知恵をいくつも持っていた。

すぐ冷えてしまう身体を温める薬草や、太陽の光のかわりに身体を丈夫にする樹液。優しい祖母と真面目な両親は、唯一の子供だった自分にすべてを与え、大事に大事に育ててくれた。

ミコト自身植物がとても好きだったから、祖母に教わりながらいろいろな草花を薬にすることを試した。そうして、蟻人並みとはいかないまでも体調を崩さなくなったし、たいていの体調不良には自分で対応できるようにもなった。

畑での力仕事を手伝うことはできなかったけれど、じっと畑を観察して強い作物ができる種の掛け合わせを提案したり、害虫避けに使える薬草液を作ったりして、両親を助けた。

そうして無事十五歳の成人を迎えたミコトに両親は、「お前はとても賢いのだからコロ

ニーの大学へ行きなさい」と言ってくれたのだ。

　通常、ワークラスの子供は大学どころか高校へすら進学しない。生まれた時から就《つ》く職業が決まっているから、成人するとみなすぐに働きはじめるのだ。ワークラスの上に人間であるミコトが高校へ入学できたのは、両親が三年連続で区域一番の作高を上げ、一階級昇格の報奨と引き換えに息子の進学を嘆願《たんがん》したからだった。

「人間っていうのは皆あんなに色素が薄いのか？　いかにも細くて弱弱しいが……顔つきだけは知的でマスタークラス然としているな」

「そうか？　まあ、学徒服を着てると誰でもエリートに見えるものだからな」

　まだ続いている自分の話題をぼんやり聞き流していると、背後から聞き慣れた声がした。

「マスタークラスなどと言って得意気でも、実際は硬直した価値観を植え付けられ、都合よく管理されていることに気付いていない。ある意味幸せ者だな」

　言葉は辛らつだがどこか面白がっているような響きを含む低音に振り返ると、湯気《ゆげ》の立つカップを片手に三つ揃えのスーツを着た老教師が立っていた。

「ノト先生……おはようございます」

「おはよう。というか、君は少し早すぎるな。ヒカリゴケの採集で夜明かしか？　ほどほどにしておくように言っただろう」

　昨夜からの行動をずばりと当てられて、ミコトははにかんだ。

「満月の夜に生えるヒカリゴケは、故郷では貴重な食材でした。つい、懐かしくなって」

ヒカリゴケは明るい月夜の真夜中から明け方に生える。昨晩、研究室からの帰り道に綺麗な満月を見たミコトは、不意に祖母の言葉を思い出したのだった。

――いい満月で、ヒカリゴケが沢山採れた。これで、干乳《チーズ》を作ろうね
「コケって名前はついてるけど、要はカビだろう。そんなものを食べるのか？」

「故郷では干乳の加工に、ヒカリゴケを使うんです。まず、麦殻をつけておいた水と混ぜて白いかたまりと水に分けます。で、その白いかたまりをアカゲヤギの乳と合わせて干乳を作るんです」

「ほお、そいつは独特だが、旨そうだな」

「残った水の方は捨ててしまうんですが、この水が面白いんです。故郷ではカラ水って呼ぶんですけど、命を空《から》にしてしまう、っていうのが名前の由来で。元はカビから取れたものなのに、カビにかけると、カビすら殺してしまうんです。そのカラ水、改めて研究したら生体学的にも薬学的にも面白いと思って……あ」

懐かしくなってつい喋《しゃべ》りすぎたことに気付き、すみません、と口ごもる。

――この水には気をつけな。カラ水は、命を殺してしまう水なんだよ、ミコト
――カビはリンゴを殺すけれど、この水はカビさえ殺してしまう。不思議な水だ
あの祖母の話は、薬を本格的に研究しはじめた自分にはとても興味深い。そう考えはじ

めたら、居ても立ってもいられなくなったのだ。

　カップを手にしたノトは、笑いながらミコトの前の席に座った。

「エリート意識ばかり一丁前の彼らに、君の研究意欲を見習ってほしいね。新身分制度の施行《しこう》以降、あの手の厄介な選民思想を持った若いモンが増えた。嘆《なげ》かわしいことだよ」

「はあ」

　その制度改革はノトが生まれる百年以上前に行われたはずだが、真っ白な髪と同じ色の見事な髭《ひげ》を蓄《たくわ》えた風貌《ふうぼう》でそう呟かれると、まるで彼がその時代の変化をつぶさに見てきたかのように錯覚《さっかく》する。

「ワークラスを下に見るのも、人間を蔑《さげす》むのも、結局のところ与えられた階級の中で雁字搦《がんじがら》めになって生きるしかない自分への不満の裏返しなんだろうけどね。それに自身が気付いていないというのは哀れだ。階級が高いことが、却《かえ》って目を曇《くも》らせているのさ」

　自分は王族という身分を捨てて学者になっているからか、この老いた男は妙に突き放した物言いをする。

「彼らが……哀れ、ですか」

　ミコトからすれば蟻人は皆自分よりはるかに強い肉体を持ち、身分を与えられているというだけで羨ましく憧《あこが》れで、マスタークラスなんてまぶしいばかりだ。

　でも、恵まれているせいで本当の自分の気持ちに気付けないということなら、ノトの言

う通り、哀れなのかもしれない。

彼らが恋で身を落とした元の仲間を殊更《ことさら》嘲《あざけ》るのは、身分から自由になることへの羨望《せんぼう》を無意識に抑え込もうとしているからかも――。ふとそんなふうに思えた。

自分は人間に生まれ、不自由なことが多かったけれど、おかげで自分にとって大切なものに早くに気付けたと思う。きちんと一人で生きられるようになること、そしていつか自分なりにコロニーに貢献《こうけん》できるようになること。まだまだ未熟で弱いけれど、少しずつそこへ近づいていると思える毎日は、充実しているし幸せだ。

「政府のやり方は狡猾《こうかつ》だ。生まれ持った階級に不満でも、自分より下がいれば自分はまだマシだと思える。人は浅はかで健気《けなげ》な生き物だ。マスタークラスはワーカーを見下し、ワーカーは人間を見下す。そうやってガス抜きができるよう、政府は新身分制度を設計した」

ノトの言葉に、ミコトは目を瞬いた。

皆の不満のはけ口になること。それが人間の存在する理由だろうか。

「人間は……生贄《いけにえ》みたいなものですか」

「その通り。人間は身体が弱くて肉体労働には不向きで、ワーカーとしてみればお荷物になる。数が少なくて声も小さいから、生贄にするには都合が良かったんだ。けれど知能が高い個体が多かったと聞くし、現に君は賢くて記憶力がいい。マスタークラスには人間が

脅威《きょうい》だったから、排除しようとしたんじゃないかとすら思うね」

そんなふうに人間を語ってくれる人と出会ったのは、このノトが初めてだった。

ワークラス出身のうえ人間の自分が、高校に進学できたのは両親のおかげ、そしてさらに大学へ足を踏み入れられたのは、このノトが是非にとミコトを研究室に引っ張ってくれたからだ。

「他にも、新身分制度が意図的に切り捨てた存在はある。君のおばあさんの家系がそうだ。薬師――偉大な植物学者の系譜を、新身分制度は抹殺してしまった。薬師はワークラスにもかかわらず村人の支持を集める村長のような存在だったからね。教会や元老院は煙《けむ》たがった」

「……祖母は時代の流れだと言っていました」

「権威に胡坐《あぐら》をかく政府の小役人に、時代の潮目《しおめ》を読む力はないさ。……人間で、その上薬師になろうなんて大それた野望を抱いてる君のような存在こそ、歪《ゆが》められた時の流れを変える力がある。君に出会えて、私は神に感謝しているんだよ」

そう言うと、ノトは茶目《ちゃめ》っ気《け》たっぷりに右目を瞑《つむ》ってみせた。

「だから、俺を研究室に入れて下さったんですか」

「そうだね。それに、自ら生体学を学びたがる学生なんてコロニーで君くらいのものだし」

口髭をくいっと引き上げて、冗談めかしてノトは答える。

コロニーで人体にまつわる研究をしているのはこのノトだけだった。大学で研究されているのはもっぱら全十巻にもなる神典の内容を研究する神学だ。神典をもとにコロニーの法律はあるし、神典はそのままコロニーの古代史でもある。

ノトは神話上の生きものを研究する、などと強引にこじつけて、コロニーで初めて人体に関する研究室を構えた。彼が元王族という特権階級でなければ、おそらく不可能だっただろう。身体の神秘を解《と》こうとすることは、不敬なことだと考えられてきたからだ。

「我々はずっと、神話の下《もと》に思考停止してきた。神から賜ったこの完璧な身体に、たとえ死後であっても家畜のようにナイフを入れるなんて絶対に許されないってね」

恩師の目の前でスープが冷めてゆく。はじまってしまった、と思いながらミコトは彼の弁舌《べんぜつ》の邪魔《じゃま》にならぬよう、そっとパンをちぎって口の中に滑り込ませた。

「少し前まで、神の作りだした蟻人の身体は完璧だから、ヤマイにかからない、とすら言われていたくらいだからね。実際は蟻人も人間と同じでヤマイにかかる。触角による体内制御が優秀で、すぐに完治してしまうというだけなのに」

「……ずっと、人間は不浄《ふじょう》の生きもので、だからヤマイにかかるのだという話を聞いて育ちました」

「人間が穢《けが》れた生きものだなんて、それこそ新身分制度以降に生まれた歪んだ価値観なんだよ。人間の身体は太陽の衰弱《すいじゃく》による環境変化に対応できなかった。それだけだ。神話

にすらそう書いてある」

　だん、と彼の拳が机を叩く。木の器の中でスープがちゃぷんと跳ねた。

「すべてを神の愛で片付けるのをやめて、我々は自分の肉体について、もっと知るべきなんだ。人間が環境に淘汰《とうた》されたなら、蟻人もそうならないとどうして言える？　草花を使って人間を癒した薬師のような知識や、人体についてのもっと系統だった知見《ちけん》が、いつか必ずこのコロニーに必要となる」

　この話になるといつも終わりを知らず喋りつづけるノトだが、今日は意外と結論に達するのが早かった、と安堵《あんど》しながらミコトはスープを啜《すす》る。

「ヤマイなんてすぐに治るんだから研究するだけ無駄《むだ》だ、と言われてもね。今は一見、無意味に見えても、思わぬところで役割が回ってくるものさ」

「……役割」

　――誰が何の役に立つかなんて、ひとの決めることじゃないさ。それを知ってるのはかみさまだけさ
　また、祖母の言葉が蘇《よみがえ》る。恩師はミコトの研究意欲を高く評価してくれているが、実際のところ少し不純な動機もある。もちろん、生体学を学んでいつかは自分以外の人間や、蟻人や、ひいてはコロニーの役に立てる日が来るかもしれないという希望が一番大きい。

　けれど、人間とは何なのか知りたいという欲求が、消えずにあるのも事実だ。その生に

意味があるのか、どうしても考えてしまうから。

身分はすなわち職業で、みな、このコロニーでなにがしかの役割を負っている。

生まれた意味を疑うことはしないと決めているけれど、時々問いかけたくなるのだ。

今は空に上ってしまった祖母や、彼女が深く信仰していたこの世界の神に。

俺もいつか、誰かの役に立てる日が来るでしょうか、と。

「……にしても、変な天気だな」

妙に心許《こころもと》ない気分になっていると、窓の外を見つめていたノトがぽつりと呟く。

「え？」

つられて外を見ると、穏やかな朝を迎えていた空にどす黒い雲が垂れ込めはじめていた。

瞬《また》く間に辺りが暗くなってゆき、食堂の中がざわつき出す。

「一体、何が…」

動揺を口にした途端《とたん》、何かが破裂したような音が耳をつんざいた。

一瞬遅れて、光が暗闇を切り裂く。ミコトはその大きな光の柱をはっきりと見た。

「あれは……雷？　先生、ご覧になりましたか？」

「あ、ああ。これは……まさか……女王のお加減が優れないと聞いてはいたが……」

「え？」

何やら呟くノトに問いかけたその時、ミコトの身体に衝撃が走った。

「っ――――‼」

まるでこの身に、さっきの雷が落ちたようだった。脳天《のうてん》からつま先までを痛みのような熱が駆け抜け、思わず膝をつく。

「ツア、あ、う」

訳も分からず、床に手をついて呻《うめ》く。痛みが全身ぐるぐると駆け廻る。皮膚《ひふ》の一枚下を灼《しゃく》熱《ねつ》の塊が移動しているかのようだ。

「ミコト君? どうした? おい、ミコト君‼」

「痛っ、あ、さ、さわらないでくださ、あ――――ッ」

肩にノトの手が触れるとそこにも激痛が走り、思わず払いのける。こんな症状は知らない。いくら人間の身体が脆弱でも、今までこれほどの痛みを感じたことはない。

「どうして急にこんな……まさか。いや、しかし、これは――」

「っ、え、あ、な、なに――ぅ」

「女王が没《ぼっ》し、この地が闇に包まれるとき――選定のいかずちが遣わされる」

額に汗をにじませ、はあ、はあ、と四《よ》つん這《ば》いになったまま荒い息を吐く。ノトが何か言っているが、聞き取れない。

「私の推測が確かなら……痛みは間もなく引くはずだ」

ただ、全身を暴れ回っていた痛みが、一か所に集まりはじめているようだった。

痛みの向かう先、右手が燃えるように熱くて、思わずもう片方の手で押さえる。

「その右手……やはり……」

「せ、先生、っ、これは、なん……っつ」

ノトには心当たりがあるらしい。痛みの中必死に顔を上げると、白髪頭が空を見つめている。その視線の先、黒々とした空に小さな光の集団があるのが見えた。まっすぐ、こちらへ向かってくる。

「うっ」

また大きな痛みが右手に走り、再び蹲《うずくま》る。目の裏がチカチカとして、もう何も考えられない。

「あの光は、女王の兵の一団だ。ミコト君」

「ふっ、う、え?」

「君は、次代の女王となる」

あまりの痛みに薄れゆく意識の中で、ノトの声を聞いた気がした。

——あたたかい
ここはひどく、心地よい。凍てつく寒さも空気の淀《よど》みもなく、すべてから守られている。

　身体という器になみなみと温かな力が注《そそ》ぎこまれ、手の先、足の先まで行き渡り、その最後の一滴がちゃぷんと跳ねるような感覚があって、ミコトは目を覚ました。

　ぱちり、と開いた目に、見覚えのない光景が広がる。美しく磨きこまれたつややかな木目。そこから垂れ下がる天鵞絨《ビロード》の布。

「お気付きになりましたか」

　突然誰かの声がした。驚いて身体を起こすと、ひどく滑らかな絹の寝巻を着ていることに気付く。

　慌てて周りを見渡すと、五人は寝られそうな大きな寝台に、自分が横たわっていたことが分かった。部屋は学生寮の三倍は広く、調度品は隅々まで豪華で窓辺には美しい花々が飾られている。

「もう、大丈夫そうですね。ミコト様」

　寝台のそばにずっと控えていたのだろうか、声の主と思《おぼ》しき男が一人立っていた。

　一目で聖職者と分かる白い法衣《ほうい》を身に纏《まと》い、肩の少し上でまっすぐな銀髪を切り揃えている。彼はミコトと目が合うと、特徴的な紫《むらさき》の瞳を伏せて、即座《そくざ》に床に跪《ひざまず》いた。

　蟻人に膝をつかれるなど初めての体験で、ミコトはそれだけで動揺した。

「あ、あなたは、一体……ここは……俺は……なんで……」

　そもそも、どうして自分は眠っていたのだろう。

そうだ、大学にいた。大学の食堂で、空が急に曇った後、激痛に襲われて――。

「ここは女王の宮。あなたはこのコロニーの次の女王になるお方として、ここにいらっしゃいます。私はミレイと申します。これよりあなたのお世話をさせて頂きます」

銀髪の神官が顔を上げて答える。

落ち着いた良く通る声を聞けば男性なのだけれど、見た目にはたおやかな美女だ。随分《ずいぶん》美しい男性もいるものだ、と感心しそうになるが、今はそれどころではない。

女王、と彼は言った。

「じょ、女王、って……」

「いろいろ疑問はおありでしょうが、あなたはすでに七日間も眠っていらした。少々こちらも急いでいますので、まずはお支度《したく》を」

突然そんなことを言われても、どうしていいか分からない。呆然《ぼうぜん》としているミコトに、彼は無表情のまま聞いた。

「それとも、体調に問題でもありますか？　人間の身体は非常に弱いと聞きますが」

「あ、ああ……身体の方は……問題ない、と思います」

夢現に感じていたとおり、この場所はとにかく暖かく空気が澄んでいる。そのせいだろうか、かつてないほど身体の調子がいい。

「あの、でも、そういうことじゃなくて……どうして……俺が女王候補なんですか」

震える声を絞り出したミコトに、ミレイの冷ややかな視線が向けられた。

「あなたの右手に御印が現れたこと。それ以外の理由は存在しませんし、必要ありません」

「え？」

言われてミコトは、慌てて上掛けの上に右手を出した。意識を失う前の焼けるような痛みはすっかり引いて、代わりにその手の甲にはくっきりと三つの円で構成された模様が浮き出ていた。

三円の御印。このコロニーでただ一人だけ身につけることを許される——女王の紋様。

信じられなくて思わず手の甲をこする。けれどその青い線が消えることはなかった。

「このあと、はじまりの儀を受けて頂きます。この儀式から数えて二十日間の女王選びの期間を経て、あなたは女王になる。このコロニーを統《す》べるお方となるのです」

——君は、次代の女王になる
意識を失う寸前《すんぜん》、微《かす》かに聞こえた恩師の声が、俄《にわか》に蘇ってきた。

俺が、女王に？　まさか、そんなはずはない。

確かに、コロニー史学で学んだことがある。女王が死ぬとその死とともにコロニーは夜に沈み、女王の魂は闇を彷徨《さまよ》い次の女王になる者の身に現れるのだと。

でもそれは建国の神話と同じくらい、ミコトにとっては絵空事《えそらごと》のようなものだった。女王は、常人の倍以上の寿命を持つ。今の女王が即位したのは百年も前で、その当時のこと

など、今生きている者は誰も知らない。

けれどたしかに、あの食堂で明け方の空が闇に包まれるのを見た——。

はっとして視界に窓を探すと、果たしてその外は漆黒《しっこく》の闇だった。

ミコトの視線に気づいて、ミレイが口を開いた。

「次の女王が誕生するそのときまで、この夜は続きます」

唇が戦慄《わなな》き、やがて震えが全身に広がる。

すべてが神話のとおりだ。

氷に満ちたこの世界で、太陽が姿を消せば気温は更に下降する。闇夜が続けば遠からずすべての畑で作物は枯れ果てるだろう。それはこのコロニーの終わりを意味する。

けれど自分が、よりによって、人間であり男である自分が、次の女王になるなんて。そんなことが起こるはずがない。

たいていの蟻人から蔑まれ、厄介者扱いされ続けてきた自分が——。

ありえない、ありえない。

「俺は、ど、どうしたら……」

「今、この闇を払うことができるのはコロニー中であなただけ。とにかく今は、私の指示に従って下さい。まずは、お支度を」

その声には有無を言わさぬ響きがあった。

もとよりこのコロニーにおいて身分制度は絶対で、その身分すら与えられていないミコトは今まで一度も聖職者に逆らったことがない。

「分かりました」

呆然として言われるがまま、ミコトは寝台を降りた。


女王の宮は、このコロニーの中心にある。いや、というよりもこの王宮を中心としてコロニーが円形に広がっていると言った方が正しい。

その王宮の更に中心部、女王の間へ学徒服を着たミコトは向かっていた。はじまりの儀が済むまでミコトはこれまで通り「学生」で、学生の正装は学徒服だからという理由らしい。万事、形式に則《のっと》っているのだ。

「女王の間に入られましたら、玉座《ぎょくざ》に通じる赤い絨毯《じゅうたん》の真ん中をお歩きください。顎《あご》を引いて俯《うつむ》かず、背筋を伸ばして。まっすぐお進みになるだけです」

ミレイにそう耳打ちされながら女王の間に足を踏み入れ、ミコトは思わず息を飲んだ。

王宮仕えの証である煌《きら》びやかな軍服を纏った神兵《しんぺい》、位の高さを示す帽子を被った神官たちがずらりと並んでいる。

「女王候補の到着です」

誰かが高らかにそう宣言し、並ぶ彼らの視線が一斉にこちらを向く。それだけで腰が抜けそうになったけれど、ミコトはどうにか言われた通り絨毯の上を進んだ。

北側の壁沿いが舞台のように数段高くなり、その中央に女王の玉座のある広間。昔教科書で見たその空間に自分がいるなんて、あまりに現実感がない。

女王は蟻の神と交信できる唯一の存在で、その力によってこのコロニーを幾度《いくど》となく危機から救ってきたとされる。干《かん》ばつの予言や、祈祷《きとう》による厄災《やくさい》の鎮静化《ちんせいか》、嵐の回避——。

しかしミコトに物心がついてからというもの、これといった厄災が起こったことはなく、女王が公の場に姿を現すこともなくて、世間の女王への信仰心はあまり実体を伴わないものとなりつつある。ミコト自身も女王に特別な思いはなかった。

けれどいざこうして王宮に立ってみると、その荘厳《そうごん》さに言葉を失う。初めてこの王都に上った時も、それまでに見たことのない石の建築群や整然とした街並みに異世界へ来たような心地になったが、この王宮とは比べ物にならない。

身の丈の五倍はあろうかという高さの天井《てんじょう》、終わりが見えないほど奥まで続く部屋。ミコトの腕が回り切らない太さの立派な柱は、乳白色と黒灰色の石が組み合わされ、金の模様がふんだんにあしらわれている。天井から垂れ下がるいくつもの照明は精巧《せいこう》なガラス細工で、葡萄《ぶどう》の果実のように集合した小さなガラス玉が光を周囲にばらまき、外の暗闇が嘘のように明るい。

その豪奢《ごうしゃ》さ、そこにかけられた途方もない労力に、女王の威信《いしん》が表れている。

「ミコト様」

一歩後ろに付き従っていたミレイに声をかけられ、ミコトは部屋の中ほどで足を止めた。

部屋の一番奥にある玉座は空っぽで、その前に一人の神官――被っている一際《ひときわ》背の高い帽子からして、相当位が高いと思われる――が微動《びどう》だにせず立っている。

「大司祭が儀式を執《と》り行《おこな》います。しばしお待ちを」

「だっ、大司祭様⁈」

信心深い祖母に育てられたミコトにとって、教会の長たる大司祭は、ほとんど神同然だ。

「……あまり大きい声はお出しになりませんよう」

低い声で咎《とが》められて慌てて口を噤《つぐ》む。

誰も彼もが無言を貫いていて、静寂が耳に痛い。彼らの目に自分がどう映っているのか、考えるのも怖い。

やはり、何かの間違いだ。冷静になって考えれば考えるほど、そう思う。

「もう少し、お待ち下さい。遠征のせいで、到着が遅れているようです」

「遠征？」

そもそも、待つって誰を。疑問だらけになったとき、どこからかザアアと空気を切る音がして、広間を支配していた静寂がさっと色を変えた。

これまで石像のように姿勢を崩さなかった神兵が数名、素早い身のこなしで大きな窓に駆け寄り、その内の一枚を開け放つ。

吹き込んでくる風の中必死に目を凝らすと、暗闇の中を黒い影がその窓めがけて飛んでくるのが見えた。風切音が一段と大きくなり、神兵がびりびりと震える窓を押さえて踏ん張る。

「まったくあの王子ときたら、横着《おうちゃく》をして」

ミレイの呆《あき》れたような声が、その影が纏う風の唸《うな》りに紛《まぎ》れる。

接近する轟音《ごうおん》とは裏腹に、ふわり、と意外なほど柔らかにその影は窓の内側に着地した。優雅《ゆうが》に広がった薄く透明な翅《はね》は、彼がドミナントであることを示している。

マスタークラスがワーカークラスの上位互換なら、ドミナントはその更に上、翅を持って生まれてくる特別な個体だ。軍隊ではドミナントばかりを集めた特別部隊が編成され、空を飛べる彼らは氷河を越えてコロニーの外へ遠征する。彼ら遠征隊が外から持ち帰る炭石は、コロニーの貴重なエネルギー源だ。

女王の間の壮麗《そうれい》な照明の輝きを受けて煌めく翅の美しさに目を奪われるが、それはすぐに折り畳まれ、マントの下に消えた。

「遅くなりました」

低く、どこかぶっきらぼうな声。その響きに聞き覚えがある気がすると思った瞬間、祭《さい》

壇《だん》の脇に控えている神兵が、高らかに宣言した。

「五宮《いつみや》家第一王子、ハヤト様のご到着です」

その名を聞いて、ミコトは瞠目《どうもく》した。

名前だけで胸の奥にざわめきが起こる。

――ハヤト、五宮ハヤト
聞き間違いだろうか。いや、でも確かにあの声を聞いたことがある。

黒い影はゆっくりとした足取りで近付いてきて、ミコトの隣で足を止めた。けれどミコトには一瞥《いちべつ》もくれず、祭壇を向いて立つ。

神兵の発声を受けて、壇上の大司祭が今日初めて口を開いた。

「よろしい。王候補、女王候補の両名、前へ」

「え?」

思わず声を出したミコトに、ハヤトがはじめてちらりと目を向ける。

つややかな黒髪と、それと同じ色をした切れ長の瞳、その佇《たたず》まいの鋭さ。これは確かに、ハヤトだ。

彼を彼だと認めた瞬間、懐かしい記憶が脳裏《のうり》で一気に膨れ上がった。

石造りの校舎の壁に、大きく伸びる彼の影。

両の翅を広げ大空をはばたく彼の姿は、人間のミコトの目にはまるで神話の中の神のよ

うに映った。

胸を締め付けるような、憧れと焦燥《しょうそう》。

五宮ハヤト。美しく自由奔放《じゆうほんぽう》で、同級生だというのに遙か手の届かない場所にいた少年。

どうしてここに、ハヤトが。

今、大司祭は何と言った？

王候補と、女王候補？

混乱の極みの中、交わった視線はすぐに壇上の大司祭へと向けられた。

大司祭はハヤトの視線を受け止め、微かに頷く。と、ハヤトが床に膝をついた。

「ここから先は、ハヤト様と同じようになさいませ」

呆然としていると背後のミレイに低く耳打ちされ、尚ぼうっとしていると両肩を上から押される。訳も分からず床に膝をつくと、広間に大司祭の声が響いた。

「これより、女王選びの儀をはじめる」

それを合図に、左側の扉から大きな盃《さかずき》を捧げ持った神官が入ってくる。

神官は玉座へ向かって一度高く盃を掲げると、並んで膝をつくミコトとハヤトの方へと歩いてきた。

「王となるべき者よ、誓《ちか》いの盃を」

ハヤトの前で足を止めた神官が、恭《うやうや》しく大きな器を差し出す。

跪いた姿勢で聖杯を押し頂いたハヤトは、その縁に少し唇をつけ、再び頭上に杯を掲げた。神官はそれをハヤトの手から取り上げると、今度はミコトの前に立った。

「女王となるべき者よ、誓いの盃を」

見下ろしてくる神官の瞳はひどく冷ややかで、ミコトは震えながら盃に手を伸ばした。冷たい器に指先が触れると、恐怖に身体が竦《すく》んでしまう。

「盃を」

繰り返されて、頭の中が真っ白になる。自分が何をしているのかもわからないまま、ミコトはその盃を受け取った。


「お加減はいかがですか？」

部屋に戻るなり長椅子に倒れ込んだミコトに、一応は気遣ったような声がかかる。

「大丈夫です。……体調が、悪いわけではないので」

「では、この後のことを説明させて頂いて宜しいですか？」

「あの、ちょっと待って下さい。今、何が何だか……」

自分が女王候補なのも未《いま》だよく飲み込めていないのに、女王には相手となる王がいて、それがあの五宮ハヤトだなんて。動揺が収まらないミコトに、ミレイは事務的に言った。

「あなたの覚悟を待っている暇はありません。今宵《こよい》は第一の儀が執り行われます」

「第一の儀？」

「簡単に説明しますと、女王選びの儀は四つの儀式からなります。これはあなたが女王となるにふさわしい気を蓄えるため、王候補と共に行います。三つの儀式を経て十分に気が満ちたところで、女王候補は王候補と交わる。この第四の儀の交わりが成功したとき、あなたは真の女王となります」

「ま、交わる⁈　俺、男ですけど⁈」

そんなこと、聞いていない。

驚きのあまり叫んでしまうと、ミレイが愚者《ぐしゃ》を憐《あわ》れむ目つきになった。

「女王というのは、いわば器。神の意志をコロニーに伝える大きな役割を持った器です。性別が男であろうが、問題はありません。神に選ばれるかどうか、それだけです」

きっぱりとそう言い切った後、先回りするように付け加える。

「たとえあなたが、人間であっても」

「……いや、でも、そんな」

自分にしか闇を払えないなら、やるしかない。そう思って言われるまま儀式に挑んだけれど、まだ自分には覚悟ができていなかったと思い知る。女王になる最後の儀式が性交で、しかもその相手がハヤトだなんて、想像を超えている。

人間の自分には無理だ。ずっと蟻人の社会では爪《つま》はじきものの扱いで、今まで誰かと触れ合うことはおろか、そういう欲求を覚えたことすらないのに。

一度そう考えはじめると、すべてが不安になってくる。だいたいハヤトをはじめとして、王族や王宮に仕える者、コロニーの民、みなが人間の自分を女王と認めるだろうか。

女王の間に足を踏み入れた時の、大勢の冷たい視線を思い出す。

このミレイは神の意志がすべてだと言っているが、これまでずっと侮蔑《ぶべつ》され続けてきたミコトには到底そうは思えない。

「や、やっぱり、俺には無理です。俺なんかが、女王になれるわけ……」

殊更自分を卑下《ひげ》したくはない。けれどやはり人間が女王になるなんて、ありえない。

俯いて、両手を握りしめる。大学に戻りたい。今まで通り放っておいてほしい。

「……非常に強い方だと聞いていましたが、どうやら過大評価だったようですね」

「はい？」

自分のことを言ったのだろうか、と慌てて聞き返す。聞いたって、誰に？

けれどミレイは何食わぬ顔で全く別の話をはじめた。

「時にミコト様、女王の御印が意味するところをご存知ですか」

「え？」

「その右手にあらわれた、三円の御印です」

無表情で、ミレイが答えを促す。

「え、ええと……左上の大きな円は大きなもの、強きもの……蟻の女王。右下の小さな円は小さきもの、弱きもの……このコロニーの民をあらわしている、と」

唐突な質問に戸惑いつつも村の教会で習った通りに答えると、その通り、と彼が頷いた。

「一番小さく弱きものと、一番大きく強きもの。左右で反対の意味を持ち、ひとつになって真実を表す紋様です。その図は民と太陽とも譬《たと》えられる。女王はまさに、このコロニーの太陽。あなたが真の女王となったその時、コロニーに夜明けが訪れる。その光景を、あなたは想像できますか？」

またも唐突な問いかけに、ミコトは目を瞬いた。

夜明けと聞いてまず浮かぶのは、朝日と共に起き出し、畑へ向かう両親の後姿だった。まだ青い小麦の新芽が朝の淡い光に照らされて輝く中を、肥料を汲んだ桶《おけ》を担いでいく小さくて強い背中。懐かしさに目の奥が熱くなる。

今、懐かしいあの畑は闇に沈み、太陽の恵みを待っている。両親と同じ、何万もの民も。その暗闇に、光をもたらす？　自分が？　女王として？

いや、無理だ。そう思うのに、何故かその時、相反するような声が頭の中に響いた。

――誰が何の役に立つかなんて、ひとの決めることじゃないさ。それを知っているのはかみさまだけさ

ミコトは何かに導かれるように、右手を目の前に翳《かざ》した。

「俺が、夜明けを……」

震える唇から、言葉がこぼれる。

何のために生まれてきたのか、ずっと分からないままで、不安だった。探し続けていた『役割』を、今、この御印が示しているのだとしたら。

「できるでしょうか、俺に……」

「神があなたを選んだのですから」

銀髪の神官は同じ言葉を繰り返した。彼にとってはそれで十分らしい。冷然とした態度の奥から覗く信仰心の強固さに、ミコトは不思議と勇気づけられた。

――知っているのはかみさまだけさ
彼は祖母と同じことを言ってるのだ。

「俺は……俺はいつも、このコロニーの役に立ちたいと思っていました。いつか、人間の自分にもそういう日が来ると」

そう、待っていた。この身が、コロニーの役に立つ日を。

――見てて、ばあちゃん
ミコトはゆっくりと手を下ろし、自分を見つめる紫の瞳に向き直った。

「俺が役に立てるなら、俺は女王になろうと思います」

言葉にすると、躊躇《ためら》いや恐怖が消えてゆく。胸の霧が晴れ、ミコトは静かに息をついた。

「ひどく怖気《おじけ》づいていたかと思えば、今度は役に立てるなら……とは」

「みっともないところお見せしてすみません。考えるのに時間のかかる性質なのです」

素直に詫《わ》びると、ミレイはゆっくりと首を横に振る。そして何かを見定めようとするように、じっとミコトを見つめた。

「……その手の御印は女王による民の加護を象徴するとされます。しかしこの御印には、もうひとつの解釈があるのです」

「もうひとつの……解釈？」

「その二つの円は、大きな輪の中で対角線上にあります。その意味は、反転。輪が回転するとき、最も弱く小さきものは最も大きく強きものとなる」

ミコトは自分の手の甲に視線を落とした。この絵柄は女王の印として、小さい頃から知っている。けれどそんな意味があると聞いたのは初めてだった。

「反転は、時に人の意志の及ばぬところで起こる。……もしかしたらあなたは、非常に優れた女王になるかもしれない。ふと、そんな気がしました」

何かを予感しているような静かな笑みを浮かべて、銀髪の神官はミコトを見た。

もう一度右手を目の高さに掲げ、ゆっくりと右から左へと傾けてみる。

もっとも弱きものは、もっとも強きものに。もっとも小さきものは、もっとも大きなも

のに。なれるだろうか。自分が。

「さて、あなたがずっと逃げ出しそうな態度のままなら、お伝えしないつもりでしたが……。女王選びの儀。この儀式の失敗は、あなたの死を意味します」

「えっ？」

しかしゆったりした表情のまま、とんでもないことを言い出したミレイに、決意に昂揚《こうよう》したばかりの心は凍りついた。

「二十日の間に儀式が成就《じょうじゅ》しなければ、神は次の女王候補を選びます。御印を失ったあなたの命はその時潰えるでしょう」

どうやら冗談ではなさそうだ。突然人を女王候補に選んでおいて、それはあんまりな仕打ちではないか。

「そんな……」

「脅《おど》すつもりではありません。むしろその逆です。私の役目はあなたを女王にすること。あなたが覚悟を決めたならば、私も全力を尽くします」

その声は力強いけれど、何とも言葉を返せない。

「お支度をはじめて宜しいですか」

ミレイが低く聞く。

紫色の瞳の前でゆっくりと頷くと、宜しい、というようにその目がわずかに細められた。

透けそうに薄い布の装束に着替えさせられ、石の階段を降りる。裾は引きずるほど長く、前を合わせて腰ひもで止めるだけのガウンのような服で、下着をつけることが許されなかったので何とも心許ない。ミレイ曰《いわ》く、これが女王候補の正装なのだという。

王宮では、そこかしこに張り巡らされた管に、炭石を使って沸かした湯を通しているのだそうだ。その途方もなく贅沢《ぜいたく》な仕組みのおかげで王宮はどこも暖炉のそばのように暖かい。だからこんな服でもいいようなものの、これが外ならすぐに凍死してしまうだろう。

今夜の儀式を行う部屋は王宮の地下にある、と聞かされていた。女王の間や寝室の豪奢さとは異なり、剥き出しの石の壁に囲まれた空間は壁に一か所の松明《たいまつ》があるきりで薄暗い。中央に大きな長方形の石台があるだけという殺風景《さっぷうけい》さは、どことなく地下牢のようだ。入ってきた扉とは別に奥にも扉があり、どこかへ繋がっているのだろうと思う。

「こちらでお待ちください」

ミレイがそう言ったが最後、部屋に一人取り残されて不安が倍増する。これから行われる儀式とは何か、何も説明されていない。

落ち着かずにひらひらした袖の上から腕をさすっていると、背後のドアが開く。反射的に振り返ると、入ってきたのはハヤトだった。さっきと同じ黒づくめだけれど、良く見る

と軍服ではなく、マントや上着に金の縁取りのある王族の礼服を着ている。これが彼の、正装なのだろうか。

「……久しぶりだな」

さっきの儀式では目も合わせようとしなかったくせに、今度は彼の方から声をかけられてミコトは動揺した。

ミコトが見知っている頃よりも精悍《せいかん》さを増したその顔立ちは、少年の面影《おもかげ》を残しつつも完成された青年になろうとしていて、美しいとしか言いようがない。

「俺のこと、知ってるんですか」

「敬語はやめろよ、タメだろ。しかも同窓生ってヤツだ」

片眉をくいっと上げて、ハヤトが肩を竦める。

どこか人を食ったようなその態度が懐かしく、遠巻きに彼を眺めていた頃の記憶が蘇る。

彼の言う通り、ミコトとハヤトは同じ年に同じ高校に入学した。

高校に通うのはマスタークラスばかりだが、王族の彼はその中でも最上位のエリート、そのうえドミナントで、ミコトごときが口を利《き》ける相手ではなかった。

家柄だけでなく、その美しく整った外見や教師に堂々と意見する態度、群れて行動する品行方正な優等生たちとは一線を画《かく》す立ち振る舞いで、彼は高校中の憧れだった。時には度の過ぎた礼儀知らずな態度も、彼なら許されたし、むしろ人を惹きつけた。

「……高校で史上初の『人間』の生徒のことは、誰でも知ってただろ」

今も彼が目の前に立っているだけでその存在感に圧倒されて言葉が出てこない。

彼が王候補で自分が女王候補だなんて、やっぱり何かの間違いだと思う。

「だって、しゃ……喋ったこともなかった……し」

しどろもどろにそう言うと、切れ長の目がわずかに眇《すが》められる。

「……覚えてないのか?」

「な、何を?」

表情のちょっとした変化にすらどぎまぎして、聞き返す声が上ずる。

「いや……いい」

けれどハヤトはすぐに無表情に戻ってそっけなく言った。

「ま、どっちにしろ、まさかの再会だな。お手柔らかに、女王候補殿」

「君は平気なのか。こんな……その、男、の俺と……」

儀式の重要さをまるで感じさせない軽い口調に、思わずそう漏らしてしまう。するとミコトの一言に、ハヤトは秀麗《しゅうれい》な眉を不機嫌そうに顰《ひそ》めた。

「平気?　……何か勘違いしてないか?」

「え?」

「俺はお前と恋愛するつもりはない」

淡々と、薄い唇が言葉を紡ぐ。

「俺もお前も、神の意志とやらの奴隷《どれい》だ。選ばれた以上、逆らえない。それだけだ」

冴《さ》え冴《ざ》えとした美貌《びぼう》から放たれた台詞《せりふ》があまりに冷たくて、ミコトは一瞬言葉を失った。男で人間の自分が、相手として歓迎されるなんて思っていない。だけどわざわざ、そんなふうに言わなくてもいいのに。

「き、君がどういうつもりでも、俺は自分が選ばれたことを光栄だと思ってる」

思わずそう、言い返す。そりゃ、生まれながらに王族でドミナントの彼には、王になることすら大した価値はないのかもしれないけれど。

「……選ばれたことに意味を見出せるかどうかは、自分次第だ」

半ば意地になってミコトはそう言った。彼が自分のことをどう思っていようと、気にしない。そういう態度を見せておかないと、心が折れそうだった。

ミコトの言葉に、これまで微動だにしなかったハヤトの切れ長の瞳が揺れる。偉そうにしやがって、と思われただろうかとびくつくと、次の瞬間には視線がふい、と逸らされた。

「……変わらないな」

「え？」

ほとんど聞き取れないほどの小さな声で、ハヤトが何かを呟く。

聞き返そうとしたところで、奥の扉から五名の神官が音もなく入ってきた。

彼らはミレイと同じ白い法衣を身につけているが、白い布で頭をすっぽりと覆っていて、顔が分からない。体型からして、全員男のようだ。

咄嗟《とっさ》にこの中にミレイがいるのだろうかと探したが、布の間から覗く目に紫色の瞳はなかった。

神官たちはミコトとハヤトの前に一列に並ぶと、深く腰を折って礼をした。

「これより、第一の儀を執り行います」

シャン、と一番端に立った神官が錫杖《しゃくじょう》を鳴らす。その隣の神官が続けた。

「女王候補、石台にお上がりを」

「え?」

「こちらです。横になって下さい」

そう言って、中央の石の台を手で示す。

ミコトが動けずにいると、その中の二人が歩み寄ってきてミコトを両脇から抱え込んだ。

「ちょっ」

ずるずると引きずっていかれそうになって、ミコトは思わず抵抗した。しかし神官たちは有無を言わさず、身体を持ち上げようとする。

「やめてくださ……」

「離してやれ」

思わず口から出た抗議に被さるように、ハヤトの声がした。ミコトの抵抗を意に介さなかった神官たちは、彼の指示にはあっさり従った。

両腕を離され、自由になる。

「自分で乗れるだろ。お前が女王になるための儀式だ」

まっすぐな瞳で、石台の脇に立ったハヤトがこちらを見つめている。

そうだ。このコロニーの役に立つため、儀式を受けると決めた。

ミコトはそっと胸に手を当て、服の上からペンダントを握りしめた。

唇を引き結び、自ら石台に上がる。はだけた裾を掻き合わせ、少しひやりとする石の上に仰向けになった。

五人の神官とハヤトの前で無防備に横になっているのが、何とも落ち着かない。

「失礼します」

「っ」

細長い赤い布を捧げ持った神官が正面に立ち、その布で目隠しをされる。途端に視界が真っ赤になって、ミコトは思わず目を瞑った。

怖い。視界を奪っておいて、これから何をしようというのだろう。

「大丈夫だ」

ごく小さな声で、ハヤトが囁く。

「楽にしてろ。すぐ終わる」

　思いがけぬ温かな指先が、ミコトの投げ出された左手の甲をそっと撫でた。なに、と問う間もなくハヤトの気配が石台のそばを離れる。それを心許なく思い、ミコトはきゅっと唇を噛んだ。

　どこからか嗅《か》ぎなれぬ香《こう》が漂ってきて、反射的にその甘い香りを吸い込むと、途端に頭がぼうっとしはじめる。

　するり、と薄い布が肌の上を滑る感触がして、腰に巻かれていた細い紐が解かれたのだと分かる。何人かの手がせわしなく動き回って、ミコトは横たわったまま瞬く間に裸体をさらけ出すことになった。

「へ、あ、ちょ……っ」

　何、何をしようとしてるんだ。起き上がって抗議しようとして、身体にうまく力が入れられなくなっていることに気付く。この漂う甘い香のせいだろうか。

　頭の中にもやがかかり、舌もうまく回らない。

「あ……う……」

「人間の肌は柔らかいな。それに薄い。ほら、ここまで血管が透けている」

「美しいな。しかしその分、刺激にも衝撃にも弱い」

　何も見えないまま、じろじろと身体を観察されているようでいたたまれない。

じっと縮こまっているとはだけられた腹の上に何か液体が垂らされ、その生温かい感触に肌がびくりと震える。すぐに脇に零れ落ちるほど垂らされたそれを、四方から伸びてきた手が全身に塗り広げていった。香油だろうか。ぬるぬるするものが塗りこめられミコト自身の熱で温められると、甘ったるい香りが強くなる。

「ふ、うっ」

この香は、山に咲く白いランから採れる油のものに似ている、なんて考えていると、いつのまにか身体がすっかり熱くなり、肌にむずむずとした感触が生まれている。

「やっあ、ん」

肌の上を這いまわり油を塗り広げる手に思わず声が漏れてしまい、ミコトは咄嗟に口を覆おうとした。

「へ、あ？」

けれど腕が動かない。身体が内側から熱く、ぼってりと重くなっている。やっとの思いで少し手を持ち上げたけれど、誰かの手によってすぐに元の位置に戻されてしまった。

そうこうするうちにも身体はどんどん熱くなり、特に胸の下から足の付け根、身体の中心がじんじんと疼《うず》いている。

「なに、や、あ、こ、これ」

今までにない感覚で、自分の身体がどうなってしまったのか分からない。不快というよ

りはむしろ気持ち良いのだけれど、何かとても恥《は》ずかしい状態になっている気がする。

「予想はしていましたが、発情を迎えたことがないようですね」

「処女でなければならない女王候補にはままあること。その上、身体機能の弱い人間なら尚更だ。もともと女王候補の発情は対王族にのみ発揮される特別なものだからな。その発情を促すためにこの儀式があるんだ。念のため香油を追加する」

「あ」

小さな声で神官たちが囁き交わしたかと思うと、たらり、と腹の上に液体が落ちてくる。その感触がさっきの数倍はくすぐったく、気持ちよくて、声を出してしまう。

これが、発情。神官たちが指摘した通り、ミコトは発情したことがない。高校で一足先に発情を迎えた同級生たちの会話を聞いていたから、知識としては知っているけれど、自分には関係のないものだと思っていた。

蟻人の発情は、個体差はあるものの、成人を過ぎた頃に起こる。好ましく思う相手と一緒に過ごしたり、そばにいることで身体が成熟して子作りができるようになり、相手を惹きつける香りを発するようになったり性器の感度が上がったりするらしい。

しかし自分には一向にその気配がなく、多分それは自分が人間だからだとミコトは思っていた。人間と蟻人の身体は違う。それにそもそも身分のない自分は結婚ができないし、人間に恋する物好きがそうそう現れるはずもないから、発情なんてしても意味がない、と

まで考えていた。それなのに。

「あ、あ、ん、んん……」

何本もの手に撫でられているのに、もっとこすってほしいような、もどかしい感覚に支配されている。ぐるぐると渦巻く熱を逃したくて身体をくねらせたくなるけれど、力が入らなくてそれもできない。頭が、身体が、どろどろに溶けてゆくようだ。

「あんっ、ン――――」

そのうち胸の小さな突起にきゅ、と香油をぬりこめられて、ミコトは悲鳴のような声を上げた。その反応に気付いたのか、別の手がもう片方の突起に同じように香油を塗りたくる。びりびりとした痺《しび》れが突起から広がり、思わず腰が跳ねてしまう。

「ふあっ、あ、あふ、そ、それ、いや」

くりくりと両の突起をつまむ手を引きはがしたいけれど、もはや身体はミコトのものではないように言うことを聞かず、指先がわずかに震えただけだった。

香油にぬめる小さな突起を、逃すまいとするようにぎゅっと潰されると目の裏が白くスパークする。昂ぶった身体がどうなってしまうのか分からなくて怖い。

「やっん、あ、あ、あぅ」

「そろそろいいか」

「ふあ?」

身体の左側に手がかけられた、と思うと次の瞬間に身体をひっくり返される。何が、と思う間もなく腰を持ち上げられ、うつぶせで尻を突き出すような姿勢を取らされた。

自身ではまるで身体に力が入れられないので、誰かが腰を支えているのだろう。全身に塗られた香油で身体が滑らないためだろうか、石台についた腕や肩、足なども押さえつけられている。俄に拷問《ごうもん》のような気配を察して、ぼうっとした頭にも恐怖が忍び込んでくる。

「少し萎《な》えましたね」

「触ってやれ」

「やっ！」

今まで誰にも触られたことのない、足の間のものをぬるりと握られてミコトは喘《あえ》いだ。そこは肌を撫でまわされているうちに、しっかりと勃ち上がっていたようだった。発情するとそこが勃起し、やがて絶頂を迎えると精液を排出する。知識としてそれを知った後、何度か自分で触ってみたが、その時とは比べものにならないほどそこから生まれる快感は強烈だった。

ミコトのそこを握った手は、何かの作業のように数回上下しただけだったけれど、それだけでそこが破裂してしまうのではないかと思った。

痛いほどそこが膨れると、今度はその根元をぎゅっと握られてしまう。

「おい、出させるなよ。女王候補が達すると気が散逸《さんいつ》してしまう」

「もう頃合いだな。王子、神具を」

「ああ」

その声が聞こえた瞬間、ミコトの全身は火を噴いたように熱くなった。この訳の分からない状態を、ハヤトにずっと見られていたのだ。

「神具に没薬《もつやく》の香油と王候補の血を」

「この血により、女王候補の王候補に対する発情を増幅させることができます」

シング、神具、神具に香油？　そして……血？

発言に気を取られていると、突き出させられた尻の間に手が入ってきた。

「あっ？　や、あ……っ」

香油をたっぷりと纏った指先が尻の間のすじをぬるぬると擦り、やがて中央の窄まりで動きを止める。まさか、と思って身構えると指先はその孔のふちを撫ではじめた。さっきまでよりぎこちない指先は、ハヤトのものだろうか。そう考えると、恥ずかしさに孔がひくひくと震える。

「あっ、う、ふ……――っ」

皮膚より敏感な粘膜《ねんまく》が瞬く間に香油まみれにされ、じんじんと疼きだす。そこへつぷりと指を突き立てられてミコトは声にならない悲鳴を上げた。指は何の遠慮もなく数回抜き差しされ、その度に奥へ奥へと分け入ってくる。

何、何だ。いやだ、やめろ。

「では、そろそろ」

カツン、と固い靴音がしてどうしてだかそれがハヤトのものだと分かる。恥ずかしすぎて、いっそこのまま死んでしまいたい。けれど身体は動かせず、逃げ出すことなんてもちろんできない。

そしてミコトの絶望をよそに、さっきまで指が出入りしていた場所に、固いものがつ、と押し当てられた。

「あ――――――っ」

指より太いものがにちゅ、と湿った音を立てながら入ってくる。だいぶ長さのあるそれは、指と比べてずっと奥まで届いた。と、腹の下が燃えるように熱くなる。

「ハッ、アッ」

もはや声も出ず、喘ぐしかない。身体がおかしい。挿入された棒の先が発火《はっか》しているみたいだ。本当に、身体が焼けてしまう。

「アッ、ン、アアッ、や、アッ、アアアアア」

届いた場所を確かめるように棒が少し引き抜かれ、また、ぐちゅ、と奥を突かれる。その一連の動きで、また甲高い声が出た。熱い。棒で擦られた内壁が勝手にヒクヒクと動いて、ぶわりと汗がにじむ。

「おい、大丈夫か?」

「どうでしょう、人間の身体には――」

もう一度、胎《はら》の中で固い棒がぐるりと回転し、だめ押しのように押し込まれると、目の裏が白く光る。

意識がもったのは、そこまでだった。


白く、大きく、柔らかな褥《しとね》。

すべすべとした何かに抱きついて、ミコトは眠っていた。まるで生まれる前からそこに居たかのような、安心できる感覚。

そのうち視界が切り替わり、赤子のように丸まっている自分の全身が見えて、これは夢だと分かる。

花だ。見たことのない大きな白い花の中で、ミコトは眠っていた。

二枚の縦にすっと伸びた大きな花弁の中で、透きとおった花芯《かしん》に抱きついて、一糸《いっし》まとわぬ姿で目を閉じる自分の姿。これはなんだ、と思うと更に自分の姿が遠ざかり、辺り一面にその白い花が咲き乱れている光景に変わる。

自分の姿を見失った、と思った瞬間に、ざあっと強い風が起こった。群れをなす花が風

に吹かれて横倒しになり、花弁が舞い上がる。

そこでふっと、夢は途切れた。

昨日目覚めた時と同じ、大きな寝台の天蓋《てんがい》が目に入る。

「おはようございます」

「お……はようございます」

またもやミレイの声と共に目覚めて、ミコトは間抜けに挨拶《あいさつ》を返した。

何だろう、今の夢。見たことのない美しい花と、その中で眠る自分。

「昨夜は第一の儀、お疲れ様でございました」

「……っ」

ぼんやりとしたのも束の間、ミレイの言葉に昨夜の出来事を思い起こさせられて、頭がカッと熱くなる。記憶と共に、身体の奥に火をつけられたような感覚が蘇った。

まさか、と思って足の間に手を伸ばし、その奥を探ってみるがあの時の神具はもう影も形もない。けれど確かに身体の芯には何かが残っているような疼きがある。その落ち着かない熱をどこかへやってしまいたくて身体を捩《よじ》るけれど、変なもどかしさは一向に消えてくれなかった。

それにしても、儀式があんなものだとは思いもしなかった。よりによってハヤトの前で、あんな痴態《ちたい》を晒《さら》すことになるなんて。

初めてだった。気の狂いそうなほどの快感はおろか、家族以外の誰かに裸を見られることさえ。寝台の掛け布の下で身体を縮め、両腕を掻き抱く。

「もうすぐ朝食が運ばれて参りますので、お召し替えを。その後……」

ミコトの動揺に気付いていているのかいないのか、淡々と予定を告げるミレイがドアのノック音に気付いて背後を振り返る。

寝室はそれだけでも相当な広さなのに、続きの間があってそちらには食事をとれるテーブル、他にも寛げる長椅子と低いテーブルが一揃えある。

続きの間に消えていく背中を、上掛けから首を出してミコトは見送った。

ミレイは、昨夜何が行われたのか知っているのだろうか。もし知られていたらと思うと恥ずかしくていたたまれない。けれどあれが儀式として普通なら、恥ずかしがっている自分が変なのだろうかとも思う。

未だ疼く身体のことは必死で頭の隅に追いやり、ミコトはそっと胸に手をやってペンダントを握った。馴染んだ銀の感触を掌で確かめていると、少し気持ちが落ち着いてくる。

女王になると決めたのだから、今は悩んでいても仕方がない。そんなふうに思えてきて、ようやく寝台を降りた。

少し迷って寝室のドアを細く開け、続きの間の様子を窺う。ミレイがやって来た小間使いと話をしているが、妙に緊迫した様子だ。ミコトは思わず聞き耳を立てた。

「だから、この署名についてきちんと説明をしなさい。本日の祈祷はスエズ様だったはず」

「それが、その……急な事情がありましてマナキ様に交代されました」

「だからその事情を説明しなさいと言っているのです」

「いえ、女王候補には、お伝えしないようにと……その……」

「言いなさい。責任は私が取ります」

「……ご自宅で、倒れているのが発見されたそうです……」

「……もう、下がってよい」

　はい、と消え入りそうな声で返事をした小間使いが部屋を出ていく。

　ミレイは受け取った盆を脇のテーブルに置くと、こちらを振り返った。盗み聞きに気付いていたのだろうか。ミコトは何も聞かなかったふりで、ドアの外に滑り出た。

「それが朝食ですか？」

「ええ、これを召し上がっていただきたいのですが……。女王候補の食事は、毎回担当司祭が祈祷を捧げ、神官による毒味《どくみ》の為《な》された後運ばれる決まりなのですが、その担当司祭が事前に聞いていた者と違います。確認してまいります」

　ミレイは何も隠すことなく告げ、部屋を出て行こうとする。突然のことにあっけにとられるミコトを無表情な従者はもう一度振り返り、付け加えた。

「念のため、この食事には手をお付けになりませんよう」

そう言ったが早いか、するりと扉の向こうに消える。ミコトは長椅子の上に、どさりと身体を投げ出した。

あの言いよう、食事に毒でも盛られているというのだろうか。心配されなくても、食欲を感じない。あまりに想像もつかないことが起こりすぎ、理解が追い付かないでいる。

落ち着かずに部屋をぐるりと見回すと、真っ暗な窓辺に色とりどりの花々が活《い》けられているのが目に入った。ふと、今しがたの夢に出てきた真っ白な花が頭に浮かぶ。

あれは、何の花だったのだろう。植物にはかなり詳しいつもりだから、その自分に知らない花があること自体が少しショックだ。

いや、あれは単なる幻想で、昨夜の儀式の衝撃でこの世に存在しない花の夢を見たのかもしれない。

ぐずぐずとそんなことを考えていると、あっという間にミレイが戻ってくる。

忙しく立ち働く彼に比べ自分があまりに自堕落《じだらく》に思え、ミコトは長椅子の上で背筋を正した。

「どうやら司祭の一人が急死したことは間違いないようです。ですからこの食事は正規ルートを通っています」

ミレイに言われ、膝の高さほどのテーブルの上に置かれた食事に視線を落とす。精巧な銀細工の盆の上の食器には白い布がかけられていて中身が見えない。その脇にはガラスの

細長い器があって、中に水らしきものが入っていた。

　水を目にした途端、急に喉の渇きを覚えてミコトはその器に手を伸ばした。隣に置かれたカップに水を半分ほど注ぎ、口をつけようとしたとき、ふ、と手が止まる。

「ミレイさん、この水……」

「どうかされましたか？」

　微かな違和を感じて水に視線を落とすと、横からひったくられた。

「お貸しください」

「駄目、それは！」

「ああ、毒味など致しません。侍従の心得として試薬をいくつか持っていますので」

　そう言うと慣れた仕草で服の袂《たもと》から親指ほどの小瓶を取りだす。手早くその中の液体を水に振り出すと、瞬く間に器の中身が朱に染まった。

「この色。どうやら毒を盛られているようです。どうしてお分かりなったのですか？」

　硬い表情でミレイが問いかけてくる。ミコトは彼から器を受け取り、そっと嗅いだ。

「ほのかにカケスズランの香りがします。独特の、甘苦いような若い香り。カケスズランは少し水につけておくだけで毒性が水に移るんです。おそらくこの水は……」

「毒に、お詳しい？」

　面食らった様子のミレイに、ミコトははい、と応じた。

「毒に、というより薬に、ですね。さまざまな植物の助けがなければ俺は今日まで生きてこられませんでしたから」

「……なるほど。それは、頼もしい」

ミレイの寄せられた眉根が緩み、けれど眇めたままの目はまだ何かを思案している。

「それにしても、スズランですか……とすれば二宮《にのみや》の……いや、もしかしたら……」

「え？」

「いえ、何でも。どうやら当番交代の混乱に乗じて水をすり替えたものがいるようです。これからも十分にお気をつけ下さいませ。蟻人ならともかく、人間のあなたには少しのことが命取りになりかねない」

「っ、誰かが、俺を……？」

透明な器の中の朱色が、酷く禍々《まがまが》しく目に映る。そうだ。誰かが自分に、毒を盛った。その恐ろしさに気付いて縋《すが》るようにミレイを見上げると、彼は平然と応じた。

「女王選びの儀は旧《ふる》くから、王族たち……一宮《いちのみや》から五宮までの宮家の勢力争いの場となっています。五つの宮家は、あらゆる手段を講じて新女王を支配下に置こうとする。この毒に誰のどんな意図があるのか、今は判断しかねますが……。王宮にはさまざまな考えを持った者がおります。皿に毒を盛る者がいれば、甘言《かんげん》を弄《ろう》して近づいてくる者、そっと取引の文を忍ばせる者もあるでしょう」

彼の言葉に、この王宮という場所の底知れない怖さが見え隠れして、背筋を冷たいものが走る。

しかし怯《おび》えることを許さぬように、ミレイは紫色の瞳でまっすぐにミコトを見据えた。

「実際のところ、人間の女王候補には色々な意見があります。けれどあなたはただ、女王選びの儀を無事終えることだけに集中して下さい。私がお守りします。辛い思いをなさることもあるでしょうし、ご不満やご不安もおありでしょうが、今は私を信じて頂きたい」

「……はい」

恐ろしいのに、視線の真摯《しんし》さに、思わず首肯《しゅこう》してしまう。

ミコトはこの一見冷たい神官に、信頼を抱きはじめていた。右も左もわからないこの王宮の中で、彼だけは信じられる気がする。

ミコトの答えに、ミレイは何故か不満そうに目を眇めた。

「随分簡単に頷くのですね。私とて王宮の者。そうやすやすと信じるようでは、この先が思いやられます」

「あなたの仕事ぶりは、もう十分に拝見しました。あなたは信頼できる方だと思います」

彼が自分のことをどう思っているのかは分からないが、彼が職務に忠実であることは今までの彼の言動から分かる。

働き者の両親や祖母を尊敬して育ったミコトには、それで十分なのだった。

「あなたという人は酷く単純なのか……大きな器を持った方なのか……」

　ぶつぶつと呟くミレイを信頼を込めて見つめると、彼は諦めたようにひとつ息を吐いた。

「……まあいいでしょう。さて、儀式だけに集中して、と申し上げましたが、ひとつだけ気を付けて頂きたいことを申し上げます」

「気を付ける？」

「女王になるための条件は御印が現れることだと説明しましたが、厳密《げんみつ》にはもうひとつ条件がございます。それは……処女であること」

「しょっ」

「これまで性交渉を持ったことがないものに、御印は現れます。女王候補はその純潔《じゅんけつ》を、第四の儀まで保たなければなりません。純潔が失われれば即座に御印が消えうせ、儀式は失敗となります」

「じゅ、純潔、って……」

　そういえば第一の儀のさなか、神官もそのようなことを口にしていた気がする。

「たとえ王候補相手であっても、正式な時が訪れるまでは身体を許してはなりません。できうる限りお守りしますが、ご自身でも十分用心下さい」

「用心も何も、誰も俺なんか……」

　二十二年生きてきて、これまで誰かに色恋の対象として見られたことなどない。

「ご自身の容姿については客観的な評価が苦手のご様子ですね。それはさておき、儀式が進めば進むほど、女王候補は人を惑わす香を発するようになります」

「人を惑わす香？」

「ご自身の身体の変化を、少なからず感じていらっしゃるのでは？」

探るような目に、ミコトはしどろもどろになった。香りのことは分からないが、確かに変化はある。

「その……身体の、奥、が、ぼんやりと熱いような気がするんです……。そこからじわじわと、全身が火照《ほて》るような感じがして……」

恥ずかしさに顔を赤くしながらも正直に説明すると、ミレイは微笑んで頷いた。

「儀式は成功したようですね。女王候補は王候補と、来るべき時に備えて気を溜める必要があります。そのために、まず身体を反応させるのです。今のあなたは、気を生み出しやすい身体になっています」

「気？」

「説明が難しいのですが、女王候補と王候補が互いに求め合う時に生まれる神聖な力です」

ミレイは至極《しごく》真面目な顔で説明するが、内容はミコトの理解の範疇《はんちゅう》を越えている。この手に現れた御印といい、儀式といい、日常生活とかけ離れているのだ。

「気を生みやすい身体になったあなたの香は、特に王族など、王や女王に近い血統の者を

強く惹きつけます。理性を失い襲いかかってくる者もあるでしょう。儀式はできるだけ王候補以外と顔を合わせないように配慮して行いますが、ここは王宮ですから、王族が多く行き来しています。不用意に近づくことの無いようお心得を」

「はあ……」

とりあえず身体が妙な感じなのは昨夜の儀式のせいで、しかもそれは正しいことらしいと分かってひとまず安心する。慣れないけれど、それが女王になるための準備だと言われれば仕方ない。もう、覚悟を決めたのだから。

しかし他人を誘惑する香り、というのは良く分からない。自分がそんなふうに変わったとは思えない。現に、目の前にいるミレイは何も変わらぬ様子だ。

「私たち神官は神に身を捧げておりますゆえ、心配は無用です」

ミコトの考えていることを察したらしいミレイに呆れたように言われる。

「す、すみません」

「説明はこれくらいにして、そろそろご支度を。このあと、第二の儀がございます」

「えっ」

儀式、と聞いただけでミコトの声は上ずった。

まだ昨日の余韻《よいん》すら抜けきらぬうちに、またあんな辱《はずかし》めを受けなければならないのか。

嫌だ、とどうしようもない拒否感が湧き上がってしまう。

「そう構えられませんよう。第一の儀は多少負担が大きかったかもしれませんが、第二の儀は静かな儀式です。王候補とおふたりで礼拝するだけです」

やはり、ミレイは昨夜の儀式の内容を知っているのだ。そう思うとまた、いたたまれなくなる。

「司祭が祈りをささげるあいだ、お二人で礼拝堂を三周歩いて頂きます。その間、決して口を利いてはいけません。お互いの身体に触れてもいけません。ただ、視線を交わしてお互いを求め合うこと。触れ合いを断つことで、お互いを求める気持ちを強くするのです」

「……はあ」

「それに、求め合いながら触れ合わずにいる練習にもなります。さっき申し上げた通り最後の儀式までは、純潔を保つ必要があります。第一の儀は身体で求めるためのもの。第二の儀は、求める気持ちを育てるもの。ですからこの二つの儀は、続けて行う必要があるのです。……だいたいのことを、お分かりいただけましたか？」

自分とハヤトが、求め合う？　そんなこと、決して起こりえない気がするけれど、それで儀式は大丈夫なのだろうか。

しかしそんなことをミレイに聞いても仕方ない気がして、ミコトはひとまず頷いた。

部屋を出て細長い廊下をいくつか曲がると、大きく開けた場所に出る。半歩後ろに付き従っていたミレイが、そっと耳打ちをしてきた。

「この廊下を抜け、細い回廊を通ると礼拝堂です。この時間は人が多いですが、できるだけ早足で、誰とも目を合わされませんよう」

「は、はい」

その指示に、俯いて自分の爪先の少し前を見ながら歩を進める。

まるで広間のような広い廊下ではミレイの言葉通り、神官や制服を着た文官、兵士たち、宮家仕えの侍従たちが行き交いさざめいている。

ミコトに気付いたのだろう。そのざわめきにいくつかの波紋《はもん》が広がった。

「あれがあの……」

「噂には聞いていたが……」

人びとの目が一斉に自分を見ているような気がして、ミコトは緊張した。ミレイの言った通りさっさと通り抜けようと思うが、遠くの囁きがやけに耳に引っかかる。

「それではまるで、スエズ様は罰を下されたようではないか」

さっき聞いたばかりの名前が聞こえて、反射的に顔を上げてしまう。右手で談笑している三人の文官が、こちらを見ていた。

触角のないこの姿を、見てはいけないもののように見られることには慣れているが、彼

らの視線には少し違ったものを感じてミコトは眉根を寄せた。

「忌々《いまいま》しい……あのようなものが王宮に上がったせいで……」

「きっと、あれが原因に違いない。神がお怒りになったんだ」

「ああ、なんて恐ろしいこと」

内容は良く分からないが、自分が歓迎されていないことだけは強く感じる。ひょっとして、ああいう話をしている中の誰かが、水に毒を入れたのだろうか。

思わず足を止めそうになると、そっと背中に添えられる手があった。

「ミコト様、お急ぎになって下さい」

平静そのもののミレイの声に促され、ミコトは再び足を速めた。これくらいのことで動揺していてはいけない。

廊下を横断し、細い回廊をぐるぐると回って礼拝堂に辿り着くと、入り口を守っていた神兵がすでにハヤトが待っていると告げた。

その名前を聞くだけで、心臓がとくんと跳ねる。

「ミコト様、こちらへ。今は、司祭とお二人以外は入れません。中でハヤト様と合流されたら、そのまま並んで部屋の中を三周歩いて頂きます。ハヤト様の隣に立って、同じようにお進みになって下さい」

神兵が両側から重い扉を押し開き、礼拝堂が開け放たれる。促されるまま中へ入ると、

背後で扉が閉められた。

　そこは非常に変わった部屋だった。大きな空間の中央に長方形の凹みがあり、まるで池のように水が張られている。その水池の周りは細い道になっており、奥に祭壇が見えるが、普通の礼拝堂のように座る場所はない。池の周りに立つ何本もの石柱に支えられた天井は高く、半球形をしていて足音がこだまする。

　石柱の一本にもたれる長身を発見して、ミコトの鼓動は更に高鳴った。

　ハヤトはミコトの姿を認めると、石柱から背中を離し歩み寄ってくる。

　はっきりハヤトと目を合わせた途端、ぼんやりと熱かった身体の奥がどくんと疼いた。

　思わず自分を守るように、両腕を抱え込む。

　肌が急激に熱を持ち、頬や耳が熱くなる。それを悟られはしまいかと焦ってミコトは顔を伏せた。

　視線を交わせ、とミレイは言ったが、そんなことできそうもない。

　そんなミコトをどう思っているのか、ハヤトが無言で隣に立つ。特殊な香だろうか、ほのかに彼の香りを感じて、頭のうしろがじん、と痺れた。

　森の風のように清廉《せいれん》で、でもその奥に甘さや苦さを含んでいるような、独特な香り。昨日はこんな香りしなかったはずだ、と思っていると、奥の祭壇に立っている司祭が、静かに祈りを唱えはじめた。

「天上におわす蟻の神よ、第二の儀のはじまりを祝福し給《たま》え——」

　天井の高い礼拝堂に、司祭のなめらかな声が響き渡る。ハヤトが一歩を踏み出したのを見て、ミコトも慌てて歩き出した。

　どうやら池の周りを三周回る、ということらしかった。

　すぐ近くにハヤトの存在と足音を感じ、落ち着かない。血液の流れが速くなって、じわじわと肌が疼いている。

　この熱は、昨夜のそれと似ている、と思った瞬間、脳裏にまざまざと恥ずかしい自分の姿が浮かんでミコトは頬を紅潮させた。ハヤトは、あんな自分の姿を見てどう思っただろう。淫《みだ》らで卑《いや》しいと、軽蔑しただろうか。

　駄目だ。そのことを考えるとここから消えてしまいたくなる。

　黙って隣を歩く彼が、何を考えているかは分からない。ただハヤトの足音のひとつひとつ、彼の黒衣の衣擦《きぬず》れ、彼のちょっとした動きに肌がびくびくと反応する。ミレイの言っていた通り、共に居ると触れてほしくて肌が彼を「求めて」いるのが分かる。この熱が、疼きが、「気」なのだろうか。

　彼に近づこうと、無意識に斜めに足を踏み出してしまい、慌てて方向を修正する。そんなことを繰り返すうちに、あっという間に二周目が終わった。

　あと一周だ。そう思うと少しほっとする。

隣を歩く彼は何故かどんどん早足になって、気を緩めるとすぐに後れを取ってしまう。

だんだん彼の背中が視界に入るようになって、古い記憶が呼び覚まされた。

あの時の彼の後姿は、今でも目に焼き付いている。

高校に入学してしばらくした頃、なんてことのない昼下がりだった。廊下で上級生達に呼び止められ、からかわれた。高校でたった一人の人間だったミコトにとって、それはさほど珍しい出来事ではなかった。黙ってやり過ごせばいいと、既に学んでいた。

けれど罵倒に取り合わないミコトに苛立《いらだ》った一人がミコトのペンダントを取り上げ、いじめは次第にエスカレートしはじめた。慌てたミコトを上級生たちは面白がって小突き、互いにペンダントを投げ合ったり、ミコトの頭上でちらつかせたりした。

ミコトが必死になるほど彼らは興奮し、ついには開けっ放しの窓からペンダントを校舎の外に放り投げようとした。それを見たミコトが思わず悲鳴を上げた時、彼は現れた。

今でもその声を、はっきりと覚えている。

『邪魔なんだけど』

そう、彼は言った。今より少し高い、けれどすでに同い年の他の生徒とはどこか違う威《い》厳《げん》の滲む声。

『い、五宮』

調子に乗っていた上級生は、ハヤトの出現に明らかに狼狽《うろた》えた。

『……それ、誰の？』

ハヤトは酷く面倒そうに、ペンダントを持つ生徒にそう聞いた。

彼に発言させたこと自体、相手に重大な過失《かしつ》がある。周囲にそう錯覚させてしまうような風格が、すでに彼には備わっていた。

『あ、これは……』

動揺して、上級生たちが互いに顔を見合わせる。自分たちが蟻人でマスタークラスなのを笠《かさ》に着る分、たとえ年下でもドミナントで王族のハヤトには、何も言えないのだ。

一人が、その場を取り繕うように口を開いた。

『か、彼のだ。珍しいから、見せてもらっていて……』

『ふうん』

口を開くのも億劫《おっくう》そうに、ハヤトが相槌《あいづち》を打つ。その切れ長の目にじっと見つめられて、ペンダントを持った生徒は急にミコトにそれを突き出した。

『かっ、返すよ。ほら』

無造作に放られて、ミコトは慌ててペンダントに飛びついた。

『あ』

ありがとう、と彼に言おうとしたミコトは、次の瞬間ぽかんと口を開けた。

ハヤトはミコトと上級生の間を通り、開いたままの窓にさっと片足をかけ、一度背中を

震わせると、そのまま外へと身体を投げ出した。

ばさり、と大きく透明な翅が視界に広がる。

呆気《あっけ》にとられる上級生とミコトの前で、ハヤトは窓から飛び立った。格式ある石造りの壁に、翅をめいっぱい広げた彼の、美しい影が伸びた。

『何だよ、あいつ。正義漢なのかと思ったら、単にここから飛びたかっただけか』

『何を考えてるのかさっぱり分からないな。王族の間でもちょっと浮いてるって話だ』

負け惜しみのような上級生の声を背に、後姿に見惚《みほ》れていると、瞬く間に小さくなる。

その鮮烈な強さと美しさは、ミコトの目に強烈に焼きついた。

あんなふうに空を飛べたら、何だってできるだろう。

どこへでも行ける。何にでもなれる。

彼の姿があまりにまばゆくて、涙が滲んだ。

遠く、まぶしい人。

それ以降関わることの無かった高校の三年間、その感覚はずっと変わらなかった。それが今、どんな運命の巡り合せか、こうして隣り合って歩いている。二十日間のうちに——交わるために。

周囲の予想に反して、ハヤトは大学に進学しなかった。だから卒業後の彼が何をしていたのか、よくは知らない。高校の生徒はほぼ全員がそのまま大学に進み、決められた通り

のエリートコースを歩く。王族の彼には一番人気の神学部神学科の籍が用意されていたと聞くけれど、蓋を開ければ彼は軍人となっていた。五つの宮家、それも本家の跡取り息子としては、相当異例なことらしい。人間の身で大学入学の許可を取り付けるのに苦労していたミコトは、勉強が嫌で遊びまわりたいから入学辞退したという彼の噂を、どこか苦々しく聞いたのだった。

思い出に浸っていると、半歩前にいたはずの背中がいつのまにか随分先を歩いていた。追いつこうと小走りになると、足音に気付いたのかハヤトが振り返る。そしてなぜか、彼が自分に向かって駆け出してくるのを、ミコトは見た。

「っ、危ない！」

「え？」

驚くと同時に、左足がぬるりと滑る。転倒しそうになったところをハヤトにぐいと腕を引かれ、抱き寄せられた。

足元を見ると水たまりがある。滑り具合からすると、油だろうか。一、二周目にはこんなものはなかった。ハヤトが支えてくれなければ、ケガをしたかもしれない。そう考えて、ミコトは自分がまだ彼の腕に抱かれたままであることに気付いた。

「あ……」

触れてしまったし、声を出してしまった。儀式の掟《おきて》を破ってしまったことに、青ざめる。

慌てて身体を離そうとしたけれど、なぜかハヤトの腕はしっかりとミコトを抱いたまま動かなかった。それどころか、腕を握った掌にますます力がこもっているような気がする。

密着したまま、ハヤトの胸が上下するのを直に感じて、ミコトは混乱した。触れられている個所がどんどん熱を持ち、身体の芯が疼きはじめる。ハヤトの香りが濃くなったように感じ、頭がくらくらとした。

理性では離れなければと思うのに、ぼうっとしてこのまま抱きしめられていたくなる。

「あ、の、は……離して」

必死にそう口にするが、ハヤトは反応しない。おそるおそる彼を見上げると、これまでの冷たいまなざしとは打って変わって妙にぼうっとした瞳が自分を見下ろしていた。

「ハヤト……？」

恐ろしくなって名前を呼ぶと、ぼやけていた彼の瞳が焦点を結ぶ。ミコトと視線を合わせたハヤトは、弾かれたようにミコトの腕を離した。

「っ」

そんな、汚らわしいものみたいに突き放さなくても、と思うけれど身体が離れてほっとする。あのまま抱きしめられていたら、何をしていたか分からない。

未だどくどく鼓動を刻む胸を押さえて、何とか平静を取り戻そうと試みる。ゆっくり深呼吸を繰り返して少し落ち着くと、背を向けたハヤトが細く長い息を吐くのが聞こえた。

転びかけ、儀式を失敗させた自分に呆れているのだろうか。

どうしたらいい、と聞きたいけれど、再び声を出すことは憚《はばか》られた。

気まずい空間に、起きた出来事を察知しているのかいないのか、司祭の祈祷の声だけが途切れず響く。つまり、儀式は未だ進行しているようだった。

戸惑っているとばさり、とハヤトがマントを翻《ひるがえ》して、ミコトを振り返った。

ミコトが彼を見つめ返すと、顎をしゃくる仕草で「行くぞ」と告げる。その瞳はすっかり元通りの冷たさだった。

事態を飲み込めないまま、ミコトは頷いた。慎重に油だまりを避け、ハヤトの隣に立つ。

真横をちらりと盗み見るが、まるでミコトのことなど眼中にないようだった。

怒らせた。あるいは、呆れられた。

本来定められた通り、押し黙って礼拝堂の中を歩く。求め合うには程遠い、重苦しい雰囲気。けれど視界にちらちらとハヤトの影が過《よぎ》るたび心臓が跳ねるのを、止めることはできなかった。


「儀式が失敗……ですか？」

部屋に戻るなりどうしようと縋りついたミコトに、ミレイは至極冷静に応じた。

「声を出してしまいましたし、触れてしまいました。どうすればいいですか、俺……っ」

「落ち着いて下さい。沈黙の掟や非接触の掟はより効率よく気を溜めるためのもので、破ったから即失敗というわけではありません。気が満ちるのが遅くなってしまう可能性はありますが……」

それを聞いて少しはほっとするけれど、それでもこの先への不安は拭えない。

「……あの、そもそも、気が満ちたとどうやって判断するのですか？」

「ああ、説明がまだでしたね。女王選びの儀がはじまると、第四の儀を行う儀式の間には、女王の花と呼ばれる花が咲きはじめます。この花はお二人の気を栄養にして開花し、女王候補と王候補の気が十分に満ちた時に満開となる。その数は数百とも言われています。つまり、咲き乱れる女王の花が、気が満ちた合図となります」

また幻想的な話がはじまって、ミコトはぽかんとした。

「次の第三の儀は、花が五分咲きになったのを目安に行います。記録によれば早い時は第二の儀の後三日ほどで行った例もあるようですが、それはこれからのお二人次第ですね。求め合う気持ちが強くなればなるほど、早く気が溜まります」

「そう……ですか」

聞けば聞くほど絵空事のような話だし、自分とハヤトがうまくそれを行える自信が無くなってくる。さっき突然冷たく自分を突き放した彼の姿が、脳裏を過った。

その時また急に身体の奥がじん、と熱くなってミコトは動揺した。まさかハヤトのことを考えるだけで、身体が反応するようになってしまったとでもいうのか。

けれど身体はどんどん熱くなり、ミコトは思わず長椅子から立ち上がった。

「どうされました?」

何かがおかしい、と振り返ると、今まさにハヤトが部屋へ入ってくるところだった。

「ハヤト」

彼の接近に気付いてなどいなかったのに、身体が勝手に気配を察知したのだ。まるで自分が自分の知らない生き物になったようで、恐ろしい。

ハヤトは大股で部屋へ入ってくると、ミコトの数歩前でぴたりと足を止め、そのいささか不自然な距離のまま口を開いた。

「お前に話がある」

びくり、と肩が揺れてしまう。彼の視線を感じるだけで落ち着かず、答えも返せない。

「ハヤト様、急に入ってこられては困ります。まず、先触《さきぶ》れを出して頂かないと」

彼の視線を遮《さえぎ》るようにミレイが割って入ってくれて、ミコトは心底ほっとした。

「相変わらず型どおりだな、ミレイ。王候補が女王候補の部屋に入って何が悪い?」

「お互いに発情を迎えている以上、必要以上の接触は女王候補を危険に晒します。熟慮《じゅくりょ》の上での行動ですか?」

　まるで臆することなくハヤトとやり合うミレイの後ろで、ミコトは落ち着かずに視線を彷徨わせた。儀式でもないのに、ミレイもいる場所で取り乱してしまったらどうしよう。

「女王候補を見境なく襲ったりしない。特段相手に不自由してるって訳でもないし。……お前だって知ってるだろ？」

　パニックに陥《おちい》りかけていたミコトの頭は、ハヤトのその一言にどういうわけかすっと冷えた。ハヤトには、自分以外の相手がいる。

　別に驚くべきことでもない事実に何故か心が重くなり、呼応するように身体の熱も幾分落ち着く。訳が分からないけれど、少し冷静さを取り戻せてミコトは胸をなでおろした。

「どういうつもりで今の発言をされたのか、敢《あ》えて追及はしません。それにしても、侍従のキクナ殿はどうしたのです。五宮の第一王子ともあろう方が一人で行動するなど……」

「あいつは最近家の方がちょっと揉めてるから、できるだけ帰してやってる。あいつ以外の侍従は、煩《わずら》わしいだけだし」

「妹君の件ですか？　あれには同情しますが……それをいいことにあなたは自由気ままにお過ごしのようですね。ですが、女王候補相手にあなたの流儀《りゅうぎ》を通されては困ります」

　混乱するミコトをよそにミレイとハヤトの会話は進んでいる。

　ミレイをまっすぐに見つめたハヤトはくっと口の右端を吊り上げ、笑った。

「お前の許可がいるのか？　じゃ、予《あらかじ》め言っておくが、ミコトにはこの後俺と行動を共に

してもらう。儀式を終えるまで、ずっとだ」

「……はい？」

突然何を言い出すのだろう。問い返したミレイに、ハヤトは造作もないことのように言い放った。

「どうも、新女王の誕生を妨害したい奴が宮中に紛れている。さっきの儀式も邪魔されて、気が溜まる速度が落ちてるって報告があった。じっと待ってるのは性に合わないからな。近くで過ごせばそれだけ早く気が溜められるだろ」

その言い分はいかにも自分本位な彼らしい。けれど、少し一緒にいるだけで心臓がバクバクしているのに、ハヤトとずっと一緒に過ごすなんて無理だ。ミレイが断ってくれないものかと願っていると、ハヤトは畳みかけるように言う。

「水の一件も聞いた。俺がこいつのそばにいるってのは、悪い提案じゃないだろ？」

その言葉にミレイがふ、と息を吐く。それはどうやら了承のようで、ミコトは慌てた。

「み、ミレイさ……」

「随分と、ミコト様にご執心なのですね」

「……儀式のためだ。今の状況なら、コロニーには明日にも女王が必要だ。お前も分かっているだろう、ミレイ」

「まさかあの件の話をなさりにいらっしゃったのですか？」

「あの、ミレイさん、今の状況……あの件というのは？」

二人のやりとりについていけなくなって、ミコトはようやく勇気を振り絞って発言した。するとと、目の前の二人が意味ありげに視線を交わす。

「……まさに、その話をしに来たんだ」

「お掛けになって下さい。少し長くなるでしょうから」

どうやら何か、深刻な話がはじまるようだ。自分ばかりがハヤトを意識して舞い上がっているわけにはいかない。

努めて何でもないふうを装って言われるまま長椅子に腰かけると、テーブルを挟んで向かいにハヤトが座る。ミレイはいつも通り立ったままだ。ハヤトはすぐさまテーブルに身を乗り出した。

反射的に、身体を後ろに引いてしまう。そのことに気付いたのか、ハヤトはわずかに眉をひそめ、背もたれに背中をつけて足を組んだ。

「最近、王宮関係者が相次《あいつ》いで突然死してるのは知ってるか」

「突然死？　あの……司祭様のほかにも？」

まだハヤトを正面から見られない。ミコトは彼の背後の花瓶を眺めながら答えた。

「既に三人、ここ数日の間に死人が出てる、で、今日更に第二区域で三体の死体があがった。マスタークラスが二人、ワーカークラスがひとり」

「ワーカーの死者は初めてですね。それも王都のみでなく、第二区域にまで死者が出るとは。それは、いよいよ……」

ハヤトの言葉を受けて、ミレイが深刻そうに声を潜める。

「そうだ。俺もそれを聞いてまずいと思った。この状況は……百年前の厄災と同じだ」

「え？」

百年前の、厄災。それは人間のミコトにとって殊更忌まわしい響きを持つ言葉だった。

今から百年前、蟻人が寿命でもないのに突然臥《ふ》せり、一日もたたないうちに息を引き取ることが相次ぎ、コロニー中が恐怖に陥ったという。そしてその死が娼館で人間と交わった蟻人に対する天罰《てんばつ》だとされたことから、人々の恐怖は人間への怒りと侮蔑に変わり、人間は迫害された。当時の政府は娼館を閉鎖、人間を隔離《かくり》しなければならなくなった。時の女王は事態を収めるため特別な神儀を行い、事態を収束したのだそうだ。

この事件が蟻人の人間蔑視を決定づけたのだと、悲しそうに祖母は言った。

「民衆の一部が、既に騒ぎはじめています」

「状況が、ひどく似てる。このまま死人が増えるようなら、遠からずパニックが起こる

……おい、聞いてるか？」

「う、うん。これが百年前の厄災と同じなら、すぐにでも女王が……女王の神儀が必要だってこと……だね」

ミコトは何とか答えを絞り出した。

百年前の厄災の正体が何だったのか、それは今でも分かってはいない。ただひとつ明らかなのは、事態が女王の神儀によって収まったということだった。

「それもある。けど本題は別だ。俺は今回のことがあって、改めて百年前の厄災のことを調べた。で、いろいろ考えてるうちに、ふとお前のことが浮かんだんだ」

「俺？　俺が、人間だから……？」

急に自分に話題が及んで、ミコトは怯えた。

そういえば今朝、耳にした会話は、人間と突然死を結びつけていた。ひょっとしてハヤトも、人間が王宮に入ったせいでその突然死が起こったと考えているのだろうか。そう連想して、胸がきゅっと痛む。

「違う。人間が原因だって説はどうも根拠が弱い。それとは全然別な、ある仮説が浮かんだ。それをお前に聞いてほしいと思って。お前、生体学専攻なんだろ？」

「へ？　あ、う、うん……」

「百年前の厄災はずっと神の怒りだと考えられてきた。けど、あれは本当はヤマイだったんじゃないか？　どう思う？」

「ヤマイ？」

「蟻人もヤマイにかかるんだろ？　百年前の厄災の頃はそういう知識がなかったし、普段

真っ先にヤマイにかかるはずの人間は死ななかった。だから神の怒りだって考えられたわけだけど、ひょっとしたら蟻人だけがかかるヤマイってのもあるかもしれないと思って」

ハヤトの答えに、ミコトは目を見開いた。

「何だよ。何馬鹿なこと言い出すんだってカオか？」

思わず彼を見ると、ぱちりと視線が合ってしまう。それだけで肌がぐん、と熱くなる。慌てて視線を外しながら、ミコトはつっかえつっかえハヤトに答えた。

「ち、違う。驚いたんだ。以前、研究室の先生と、そんな話をしたことがあったから」

全く勤勉なイメージのないハヤトが、百年前の厄災についての資料を読んだということにまず驚くし、更には生体学を専門にしている自分やノトと同じ見解に辿り着いた、その洞察力にも舌を巻く。

「百年前の厄災が、神の怒りではなく蟻人のヤマイ？　随分突拍子《とっぴょうし》もない話ですね」

「神官は頭が固くて困るな。おい、お前と先生はどんな結論を出したんだ？」

「ええと……」

相手がハヤトでも、研究の話なら自然と答えが口をつく。

「死体の状態がかなりおぞましいもので、それが『神の怒り』説に拍車《はくしゃ》をかけたみたいだけど、世話をした蟻人も多く亡くなったことや、死者が区域をまたいで広がっていったところは、ヤマイの特徴そのものなんだ。残っている資料が少ないから、どんなヤマイだったた

か、ヤマイなら何故人間は死ななかったのか研究するまでには至らなかったけど……でも、突然死が蟻人だけかかるヤマイだった可能性は十分にある」

「そうか」

　ミコトの答えにハヤトの声が弾む。ちらりと盗み見ると、彼は微笑んでいた。真顔だと冷たいほどの美貌だが、笑うと少し幼い印象になり、その落差にどきりとする。

「ハヤト様、随分嬉しそうですね」

「だって、もし百年前の厄災が、これまで言われてきたように神の怒りなんかじゃなくて、ヤマイなら……。そして今回の突然死も、同じものなら」

　ハヤトは一度言葉を切り、ミコトとばちりと目を合わせた。咄嗟のことで避けられず、深い黒の瞳に美しい光が灯《とも》るのを、ミコトは見た。

　心をぎゅっと掴まれ、引き寄せられる。心臓があまりにうるさくなって、ミコトはたまらず目を逸らした。ハヤトの印象は、表情によってくるくると変わる。

「かつて人間のヤマイを治す者がいたように、蟻人のヤマイも人の手で解決できるんじゃないかと思って。お前はそういう研究をしてるんだろ？」

「……少し、話が飛躍しすぎてはいませんか。厄災は結局、女王の神儀によって収まったということをお忘れなく」

「別にそれを否定するつもりはねーよ、ミレイ」

神官らしく話の流れに釘をさすミレイに、ハヤトは屈託《くったく》なく笑った。

「ただ、今回も女王の祈りが神に通じるとは限らない。なにせ神ってのは気まぐれだからな。それに、女王選びの儀にも、女王の神儀にも時間がかかる。百年前みたいに騒ぎが大きくなる前に、解決できるかもしれない方法があるなら、試したいだろ」

「それはそうですが、お二人は大切な儀式の最中なのですから……」

そう言いかけたミレイが、何かを思いついたらしく言葉を途切れさせる。

「そういえば、突然死が流行するという現象が百年前と同じなら、女王選びの儀の最中に突然死が起こっている、という状況も同じですね」

「……言われてみれば。じゃ、これがヤマイだとしたら例えば……原因は女王の死とか？　女王が死ぬと、蟻人がヤマイにかかる。どうだ？　ミコト」

突然名前を呼ばれて、その上答えを待つハヤトがこちらをじっと見るものだから、パニックになってしまう。

何を聞かれたんだっけ、ああ、ヤマイの原因が女王の死かどうか——。

「……それは、か、考えにくい。あの……ヤマイは普通、身体に直接作用する何かで起こるものだから……」

「なんでもヤマイに結び付けないで下さい。女王選びの儀は何十回と行われているんです。突然死が起こったのは百年前が初めてですよ」

「ま、それもそうか」

ぽんぽんと言葉を投げ交わす二人を前に、ミコトはハヤトから意識を逸らそうと、突然死の問題を頭の中で整理しようとした。

今、コロニーでは百年前の厄災に似た現象が起こりはじめている。蟻人の突然死。それはひょっとしたら、蟻人のかかる「ヤマイ」かもしれない。もしヤマイなら、それにはきっと原因があって、それが分かれば突然死を止められるかもしれない――。

そうだ、それこそずっと目指していた薬師の仕事だ。

「ノ、ノト先生に話を聞きたい。今回の件、先生に相談すれば、もっと……」

胸が高鳴って唐突に口を開いたミコトに、ハヤトは頷いた。

「そうした方が良さそうだな。というか、お前の先生はすでに現地調査に派遣されてる。自ら志願したらしい。なあ、ミレイ」

気ぜわしくミレイの名を呼んだハヤトに、優秀な側付はすぐに反応した。

「はい。ではノト教授が戻り次第、こちらに来てもらえるよう手配してまいります」

そう言い残すと、ドアの外にするりと消えてゆく。

部屋に二人きりになって、ミコトは慌てた。落ち着きなく膝の上で手を組み合わせると、指先までが熱を持ちだすようだ。

「お前の先生が戻ったら、まずは今回の突然死が百年前の厄災とどの程度似ているのか、

実際の遺体の話が聞きたいな。突然死の遺体はかなり特徴的なんだろ？　普通蟻人は、ほとんど眠るみたいに死ぬのに」

ミコトの混乱をよそに、ハヤトは長椅子の上でひとつ伸びをして、そんなことを呟く。

このまま黙り込んでいたら彼と二人きりなことをさらに意識してしまう気がして、ミコトは必死に言葉を探した。

「……ほ、本当に、随分熱心に調べてるんだね。その……突然死のこと」

ミコトの反応に、ハヤトはふん、と鼻を鳴らした。

「何だよ。不真面目王子はちゃらちゃら遊び回ってる方がお似合いなのに、って？」

「ち、ちが……」

「ま、高校の頃の俺はそう見られても仕方なかったし、今だって別に調べものが好きなわけじゃない。……ただ、昔から大嫌いだったんだ。百年前の厄災ってやつが」

「え？」

「ムカつくだろ。何だよ『神の怒り』って。そんなことで何人も死ぬのかよ、ってずっと思ってた」

ミコトはぱちぱちと目を瞬いた。

百年前の厄災を、そんなふうに考えたことはなかった。その発想はいかにもハヤトらしいような気もしたし、今まで知らなかったハヤトの顔を見たような気もする。

思わずじっと見つめると、ハヤトが少し慌てたように目を逸らした。

じろじろ見るなよ、と思われたのかもしれない。ミコトはぎゅっと掌を握りしめた。

ハヤトに不快を示されると、どうしていいか分からなくなってしまう。そもそも未だに、彼と自分が普通に会話していることが信じられない。

部屋がしんと静まり返り、外で風が唸ると窓辺の花瓶の花がわずかに揺れる。

そのまま居心地悪く座っていると、なんだかあまり、気分が優れないことに気付いた。

「おい、大丈夫か」

「え？」

「顔が白い。寒いんじゃないのか」

言われてみれば、身体が冷えている。さっきから身体が興奮しないようにということにばかり気を回していて、気づかなかった。そういえば、結局取り替えが間に合わずに朝食を食べそこね、その後も何も食べずに大分時間が経っている。食事をとらずにいれば、いくら王宮が暖かいとはいえもともと弱い人間の身体は体温を失ってしまう。

とりあえず薬を、と腰を浮かせると、頭がくらりとした。

「っ」

「おい」

倒れる、と思った身体は低いテーブル越しに身を乗り出したハヤトに支えられていた。

「ご、ごめ……っ」

「座ってろ」

両の二の腕を掴まれ、そっと長椅子の上に戻される。そのまま離れていくかに思えた手は、なぜか肘の上を滑ってミコトの左手を掴んだ。

「っ?!」

「冷たいな、お前の手。色も真っ白だし。いつもこんなか」

「あっ、そっ……に、人間は、蟻人に比べて、体温が低い、から」

こんな時に、弱さを露呈《ろてい》する身体が恨めしい。しどろもどろに答え、手を引っこめようとしたけれど、ハヤトは離さなかった。

「大丈夫なのか、これ」

「た、食べてないだけだし、すぐ、薬飲むから大丈夫……っ」

離さないどころか両の手で左手を包み込まれて、ミコトは息を呑んだ。温かいハヤトの掌の感触に、頬が熱くなり、何も言えなくなる。温もりと一緒にハヤトの優しさが触れ合った手から伝わってくるようだ。

いつのまにか、第二の儀のとき感じた彼の香りが漂っていることに気付く。さっきまで、たしかに何もなかったのに。この香りを嗅ぐと、頭がくらくらしてしまう。手は冷たいままなのに、身体の奥にじわ、と熱が滲んだ。

「やっ、やめて！」

身体の反応が恐ろしくて、思わずハヤトの手を振り払う。するとそれは思いの外大きな動作になって、彼の手をぱしんと叩いてしまった。

「あ、ご、ごめ……」

ハヤトが不愉快そうに眉根を寄せるのを見て、泣きたいような気持ちになった。

彼の優しさが、儀式の相手に対する儀礼だということぐらい、分かっている。なのに過敏に反応してしまう自分が情けない。

「……薬飲むんだろ。水、これでいいか？」

ハヤトはさっさと歩いて机の上の水差しの中身をガラスの器に注いで差し出してくる。

「う、ん」

おそるおそるそのグラスを受け取り、指先同士が触れ合わなかったことに安堵する。

けれど、ハヤトが怒ったように顔を顰《しか》めたままなのが怖い。彼の視線を意識して薬を飲む手が震え、そんな自分が馬鹿みたいに思える。

どうにか口の中のものを飲み下すと、立ったままのハヤトがぼそりと呟いた。

「お前、俺とずっと過ごすなんて冗談じゃないと思っただろ」

「え？　あ……」

「図星《ずぼし》か」

咄嗟のことで答えを取り繕えなくて、気まずい沈黙が落ちる。

目を伏せ、何かを考えていた様子のハヤトはやがてもう一度ミコトを見ると、言った。

「もう一度、手、出してみろ」

「え？」

「いいから」

その声には有無を言わさない響きがあって、おずおずと左手を差し出す。すると彼が先ほどと同じように両手でミコトの掌を包み込んだ。

「こうやって、触れ合う。そうすると、一気に欲望が高まる」

ハヤトの言う通り、身体の芯にぽっと火が灯ったような感覚があり、肌がじわりと熱くなる。同時にハヤトの香りを強く感じるようになった。

もっと触れてほしい。すぐにそういう欲望が湧き上がって、彼をじっと見つめてしまう。

「そこで、こうして離れる」

ふ、と手が離され、ハヤトが数歩、後ろに下がる。温もりを急に失った肌は戸惑い、目はハヤトの姿を追ってしまう。彼に見つめ返されると、身体の芯は熱を保ったまま、小さく、けれど確かにとくとくと脈打ちはじめた。

「離れたまま、求め合う。心の中で。……分かるか？」

さっき灯った火が、静かに身体の奥で燃え続けている。我を失うほどではない、心地よ

い興奮に身体が支配されている。

　未知の感覚に陶然《とうぜん》となって、ミコトは頷いた。

「儀式のおかげで、少し触れ合えば身体が反応するようになってる。逆に言えば、身体が反応するのは儀式のせいで、当たり前のことだ。身体が反応すれば、そのあとはそばにいるだけで気を溜めることができる。別にお前に何かを無理強いしたりしない」

　静かな瞳でハヤトが告げる。

「俺はお前を愛するつもりはないし、お前も俺を愛さなくていい。ただ、儀式を全うすることだけを考えろ。いいな」

　淡々とした声。これは多分、彼なりの優しさなんだろう。あるいは、誠意。頭ではそう理解できるのに、胸がつきんと痛んだ。

　心の奥底で、知らない感情が生まれはじめている気がする。それが何かを探ろうとしたミコトは、けれど途中で恐ろしくなってそれ以上考えることをやめた。

「……うん、分かってる」

　返事をしなければ変に思われると、声を絞り出す。ミコトの答えに、ハヤトはほっとしたような顔を見せた。

「お前も気は進まないだろうけど、さっき言った通り、これからは俺と過ごしてもらう。毎朝、日課の後ここへ迎えに来る。ひとりでは行動するな。いいな」

何故か痛む胸をどうにもできないまま、ミコトは頷いた。

彼と過ごすのは、彼を求め、彼に求められ、気を溜めるため。儀式のため。

そこに心はないと知りつつ、寄り添って過ごさなければならない。まるで霞《かすみ》を抱くような日々がはじまる。その霞にこの身を抱かれる日まで。今この地を包む夜よりも深い闇に、自分が落ちていく気がした。

「ミコト様、どちらへ」

その朝、食事を終えたミコトがすぐに出かけるそぶりを見せると、ミレイは怪訝《けげん》そうな顔をした。

「ああ、今日は書庫へ行こうって昨日ハヤトと話したんです」

あの話し合いの後、ノトが戻るのは三日後と分かった。それから二日、王宮を見て回って過ごしたが、今日は百年前の厄災についてもう一度調べてみようという話になったのだ。

「それでしたらハヤト様のお迎えまでお待ち下さい。私は書庫には入れませんから」

身分制度は王宮内でも徹底されていて、部屋や施設ごとに出入りできる階級が定められている。書庫は王族や一部の文官しか入室が許可されておらず、自分が中まで付き添えないことを、ミレイは気にしている。

「書庫に行くことはハヤトにも言ってありますし、ハヤトも一緒に調べたいって言っていましたから、書庫で合流しようと思います」

「ですが……」

「ハヤトは朝の日課があるでしょう。邪魔したくないし、かといって待ってる時間ももったいないですから」

早口に、ミコトはミレイの反対を押し切った。もちろん、早く調べものをしたいと思っているのは本当だ。でも心のどこかに、ハヤトを避けたい気持ちがあるのも確かだった。

身体が反応してしまうのには慣れてきたけれど、ハヤトといると、時々どうしていいか分からなくなる。

一緒にいて交わすのは他愛もない会話、あとは突然死の調査のこと。けれどそんな中でも、あんなに遠かった彼をとても近くに感じる瞬間があって、否応なく胸が高鳴ってしまう。そしてその一瞬後には、彼はただ儀式のために自分といるのだと思い出し、その昂揚は虚《むな》しくしぼむ。めまぐるしい心の動きに、ひどく疲れてしまうのだ。

「承知しました。では、書庫までご一緒致します。移動中もできるだけ注意して下さい。第二の儀を終え、昨日ハヤト様と過ごされたあなたの香はますます強まっていますから」

ミレイに言われ、ミコトは顔を顰めた。確かに昨日王宮を見て回る間、あからさまに色を含んだ視線を投げられ、当惑した。中には距離を保ってしばらく後をついてきた者まで

いて、本当に自分の身体が変わってしまったのだと思い知った。欲望のこもった視線は気持ち悪く、侮蔑の視線の方がよほどましに感じる。

　思い出すだけで不快な視線の記憶を振り払うように立ち上がる。ミレイが扉を開けると、そこには侍女がノックの姿勢で立っていた。驚いて立ち止ったミレイに、いつもと変わらず貼り付けたような無表情の侍女が告げる。

「お花の取り替えを」

「……入りなさい」

　部屋に毎日美しい花が飾られていることにも慣れなければ、身の回りのあらゆることをミレイや侍女、小間使いがする生活にもまだ馴染めない。常々ミコトに対しては一言も口を利かない侍女の横を、ミコトは少し緊張しながら通った。

「あっ」

　花瓶を持った彼女の肘が、ふとした拍子にミコトの身体に触れる。その途端、彼女は震え、持っていた花瓶を取り落とした。棚に当たった花瓶は砕け、絨毯には水と花、花瓶のかけらが無残に散らばる。

「痛っ」

　慌ててその場にしゃがみこんだ侍女が、破片で指の先を切ったのが目に入り、ミコトは思わず彼女に駆け寄った。

「大丈夫ですか？」

「ちっ、近づかないで！」

けれど傷の様子を見ようとしゃがみこんだ途端、怒鳴《どな》られて動きを止める。

「人間に触れられるなど、我慢がなりません」

そう言う彼女の唇は震えていた。間髪《かんはつ》容れず、ミレイの鋭い声が飛ぶ。

「お前、誰に向かって口を利いているのです」

「ミ、ミレイ様、ですが私は」

「黙りなさい。いやしくも王宮に仕える者なら神への信仰を命より重んずると誓いを立てたはず。神に選ばれた女王候補を尊重できないのなら、今すぐここを去りなさい」

「ミレイさん、そこまで言う必要はありません」

ミコトは彼女の身体に触れないよう慎重に立ち上がり、距離を取った。恐怖の滲んだ目で睨《にら》んでくる彼女に、そっと告げる。

「蟻人の皮膚が強くても、そのまま水仕事をするのは辛いでしょう。センズベラの肉厚な葉をちぎって、その汁を塗っておくと良いですよ。止血と鎮痛の効果がありますから」

「え？」

「……この部屋の花は、切り花なのに長く美しく咲いている。あなたが良く世話をしているのだと思います」

侍女の顔に、困惑の色が浮かぶ。ミコトはそれだけ言うと、開けっ放しの扉から部屋を後にした。ミレイが慌ててついてくる。

「ミコト様、あのような態度を看過《かんか》するのは女王候補として良い振る舞いとは言えません」

「看過って……ああいう態度には慣れています。ましてや今、突然死の件で人間に恐怖を感じている者が多い。彼女もきっと、恐ろしいのでしょう」

「随分寛大な考え方をなさいますね。あの者、元は神官の血筋ですが、親の犯した姦通罪《かんつうざい》による身分剥奪に巻き込まれ、侍女に身を落としたのです。その鬱憤《うっぷん》を晴らすため、人間が災いをもたらしたなどという馬鹿げた噂を自ら進んで信じている節があります。何とも愚かしい」

「馬鹿げた噂かどうか、今はまだ誰にも分かりません。……たしかに王宮を去った方が、彼女には良いのかもしれませんが。あんなに美しく花を活けられるのだから、きっとどこかに彼女の幸せがあるはずですから」

ミコトは考え考え、ミレイに言葉を返した。彼女の恐怖を理解できるし、彼女の不満はきっと、あの食堂でノトが指摘した学生たちと同じなのだ。そう思うと、どこか哀れに感じて、悲しくはなるが責めようという気は起こらない。

「ミコト様……」

「行きましょう、ミレイさん」

戸惑った様子のミレイにそう声をかけ、ミコトは足を速めた。

「入室できないとは、どういうことですか」

閉ざされた書庫の扉の前で、ミレイが低い声を出す。背の高い神兵と睨み合う彼の後ろで、ミコトは居心地悪く立っていた。

「儀式期間中の女王候補の扱いは王族に準じるはず。この方が入室を拒まれる謂れはない」

「何とおっしゃられましても、王族名簿に名がなく、王室庁の許可がない方を書庫にお通しすることはできません」

扉の右側に立つ兵士は先ほどから同じ言葉を繰り返し、もう一人の門番は無言で扉を守っている。

「資格無き者を通さぬことが我らの職務。神官殿、ご理解を」

抑揚《よくよう》なく言い捨てた男にくるりと背を向け、振り返ったミレイの瞳には怒りがあった。

「あの者ら、あなたを侮っているのです。全く子供じみている。王室庁へかけあってきます。そう時間はかからないと思いますので、ええと……あちらでお待ちを」

「ここ……ですか」

押し殺した声で告げたミレイに、書庫を通り過ぎた廊下のつきあたりにある部屋に案内

される。文官が打ち合せにでも使うのか、小さな部屋には机と椅子が四脚あるばかりで、一番手前の椅子に浅く腰掛けたミコトはため息を吐いた。

人間である自分が歓迎されていないことを知ってはいても、ああもあからさまな態度を取られると気持ちが沈む。しかもこんな嫌がらせで、ミレイに手間をかけさせているのが何とも申し訳ない。神はどうして人間の自分を女王候補に選んだのだろうと思ってしまう。

侍女の件も頭を過って暗い気持ちでいると、軽いノックの音と共にドアが開いた。

「ミコト様」

「……あなたは？」

がっちりした体格の男は後ろ手にドアを閉め、ミコトを見てにたりと笑みを浮かべた。

青い詰襟の装束は、文官だろうか。その風貌に、どこか見覚えがある気もする。

「ようやく、あの側付をどこかへやったのですね。随分待ちましたよ」

「え？　……っ」

男から異様な雰囲気を感じ取って思わず後ずさる。が、慣れぬ衣裳の裾を踏んで、尻もちをついてしまった。

「おやおや、それほど焦らなくても。積極的なのは昨日から分かっていたが」

すかさず男がにじり寄ってきて、ミコトは恐怖を覚えた。

「昨日？　何を言って……あ、あなたは、ひょっとして……」

「何をとぼけている。誘ったのはお前の方だろう」

「誘う……？　あっ」

この男は昨日、あとをついてきていた王族だ。危険を感じて慌てて立ち上がろうとするが、肩を押され、そのまま床に押さえつけられた。

「っ！　何するんですか」

鼻息荒く馬乗りになった男を、はねのけようとしてもびくともしない。反対に顔をぐっと寄せられ、ミコトは顔を背けた。

「なるほど。あの方に聞いた通りだ。これは、すばらしくかぐわしい……」

「あの、方？　ちょっ！　やっめ……っ」

そのまま耳たぶにじゅう、と吸い付かれてミコトは悲鳴を上げた。生温かい舌が耳元から首筋を這う。ミコトの肌は嫌悪に粟立《あわだ》った。

「ああ、少し無理をしてでもアレを手に入れておけばよかった……アレは元来人間のもの……人間のお前に使えば、素晴らしく乱れるところが見られただろうに……」

「何、何を言って……っ、んうっ」

今度は顎を掴まれ、口の中に突っ込まれた舌で思う様かき回されて息ができなくなる。苦しい。体格差のある男に全体重をかけられ、ほとんど身動きすらできない。

「っは」

ようやく唇を解放されて、顔を覗き込まれる。ミコトが睨み返すと、男は笑った。

「そんなに嫌がるな。俺はあの五宮の倅《せがれ》とそう身分は変わらない。人間のお前など、本来であれば視界に入ることすら叶わぬ高貴な血筋よ」

言いながら、一度顎から手を離すと今度は肘をミコトの顎の下に食い込ませ、体重をかけてくる。首を圧迫され、意識が朦朧《もうろう》とした。

「っは、あ、……っんあっ！」

ミコトが脱力したのを見て取って、もう片方の手が無遠慮に腿《もも》を撫ではじめる。

布越しなのに肌がびくびくと波打って、ミコトは思わず声を上げた。第一の儀を受けてからというもの、信じられないほど敏感になっている。

首を押さえつけられて苦しくて、男の気持ち悪さに頭の中は拒絶感で一杯なのに、じん、と身体の奥が疼きだした。

「さすがに、淫らだ」

「や、やめ、触らないで……ひあっ」

拒んでも、女王候補の装束は、簡単に他人の手の侵入を許してしまう。ごつごつとした手が服の前を割って入り、性器を掴まれてミコトは声を上げた。

「クク、良い声だ」

「いや、あっう、ん、やあっ、んっ、ふっ」

扱《しご》く手つきはひどく乱暴だったけれど、たちまちそこははりつめてしまう。すぐに雫を溢しはじめ、びくびく、とまるで自ら愛撫《あいぶ》を強請《ねだ》っているみたいに震えた。

先端の丸みを撫でまわされると、鼻からこらえきれない息が漏れる。

「あぅ、ふうっん、あっ」

思わず漏れてしまう声に気を良くしたのか、男が首にかける力を少し弱めたのが分かる。けれど、もう身体に力が入らない。嫌なのに気持ち良くて、ミコトは絶望的な気持ちになった。

「ああ、しかしこの瞳、肌……本当に美しい。さすが、女王候補に選ばれた処女だ。性器も全く使っていないのだな。綺麗な色をしている……」

既に濡れそぼってしまった性器を男の手で弄《いじ》り回される。その度に身体がびくびくとはねて、熱が腰に集まる。そしてあろうことか、奥も熱くなりはじめていた。

「ほら、早く達するが良い。そうすればお前のわずかな理性も溶けて消えるだろう」

「い、や、あ……っ」

未知の快感が迫っている。達すれば、きっと我を失いこの男のいいようにされてしまうだろう。そうすれば儀式は失敗だ。今は一刻も早く女王にならなければならないのに。

達しそうになるのを我慢すると、どくん、と奥が疼く。第一の儀の時に、そこに神具を挿入された感覚を、身体が思い出してしまっている。にゅるにゅると前を扱かれるたび、

そこは何かを受け入れたがって、勝手に熱く熟してゆくようだった。

「や、め、俺は……っ」

何とか逃げ出さなければと思うが、体格のいい男に組み敷かれた状態では、ろくろく抵抗もできない。その上身体は酷く敏感で、されるがままに昂ぶってしまう。

「あっ、あっう、や、やめ……っ」

今度こそ達してしまいそうで、思わず目をぎゅっと瞑る。目尻に溜まった涙がつう、と頬を伝うのを感じた時、急に首への圧迫が消え、身体に伸し掛かっていた重みもなくなる。

「ご乱心だな。マノウ補佐官」

「っ、五宮の……っ」

呼吸を取り戻して恐る恐る目を開けると、霞む視界でハヤトが男の首元を後ろから掴み上げていた。ミコトと目が合うと忌々しげに視線を逸らし、男を放り投げる。

椅子に強《したた》か背中を打ち、男は床に倒れ込んだ。

「昨日すれ違った時、こいつを妙な目で見ていたのは気付いていたが……。女王候補に手を出すとは、軍人の風上にも置けない。ああ、だからわざわざ青衣なんか着て、身分を偽装するつもりだったのか?」

「黙れ！　貴様ごときに……うっ」

図星を指されたのか倒れたまま喚《わめ》く男の足を、ハヤトが無表情のまま踏みつける。

「おい、黙るのはどっちだ。俺にはあんたをこの場で処刑する権限がある。五秒以内に消えないなら」

「クソッ、ドミナントだからって」

「五､四､三」

「っ！」

なんとかハヤトの足の下から這い出し、男が部屋を出ていく。

「ここから逃げたってあとで軍法会議だ、馬鹿が」

後姿に吐き捨てるハヤトを見てようやく我に返り、ミコトははだけた服を掻き合わせた。

「お前もお前だ‼　俺が迎えに行くまで、待ってろって言ったよな」

男が去るなり、今度はハヤトの怒りが自分に向く。当然だ、と思う。

「侍女からお前が書庫に行ったたって聞いて慌てて来てみたら、お前の香りがこの部屋から溢れて外まで……あんなやつに部屋に連れ込まれて、お前は自分が女王候補だって自覚があるのか⁈」

「ご、ごめん。書庫に入れなくて、ミレイさんが許可を取りに行く間、ここで待つように言われたんだ。そしたらあの人が突然入ってきて……」

これまでになく苛立った様子のハヤトの迫力に圧倒され、思わず後ずさってしまう。

必死に説明すると、ハヤトは幾度か瞬いたあと、バツが悪そうに目を伏せた。

「そういうことか。……いきなり怒鳴って、悪かった。少し頭に血がのぼってた」

ミコトはぽかんとした。

意外なほど素直な謝罪に、また、彼のイメージがひとつ覆される。一緒に過ごすうち、こんなふうに彼の意外な素顔を、少しずつ目にしている。その驚きはどこか甘くて、胸の奥がくすぐったく疼く。

男に襲われかけた恐怖が去って、俄に部屋にハヤトと二人きりだということが意識された。その途端、鼻がハヤトの香りを捉える。あの男ではなくハヤトの香りだ、と思うと嬉しくなり、感じるまま、胸いっぱいにその香りを吸い込んでしまう。するとまた頭のうしろがじんと痺れ、急に肌の温度が上がった気がした。

「あ……」

どくどくと鼓動を刻みはじめた胸を押さえ、何か言わなければと思う。

「ううん。も、元はと言えば、俺が悪いんだ。君を待たずに……ハヤト？」

ようやく答えを口にしてハヤトの方を見ると、彼は何故か口許を押さえていた。

「おい、お前、急に……」

「え？」

「その、においを、押さえろ……っ」

においい？　においがしているのは、ハヤトの方だ。

「ハヤト?」

「っ、そのまま、俺に近づくな。今は、コントロールが……っ」

そう言う彼の額には微かに汗が滲み、息を詰めて何かに耐えているように見えた。

「……ハヤト?　どうし」

「早くっ、離れ……」

ハヤトの様子がおかしい。ミコトは思わず彼に駆け寄り、ハヤトの顔を覗き込んだ。

「……っ」

瞬間、ハヤトと真正面から目が合った。

ぞく、と首筋が総毛立つ。

黒々とした双眸《そうぼう》が欲に濡れ、潤んでいる。その美しさに息を呑んだ。

目が逸らせない。見つめ合うだけでハヤトの欲情が流れ込んで、身体の奥が一気に熱くなる。

「だ」

め、と無意識に零れた言葉を、最後まで言うことはできなかった。唇が熱いものに塞がれ、呼吸を奪われる。

濡れた舌の感触が生々しく、それがハヤトの舌だと理解すると完全に思考が止まった。

「ふっ、うっ……」

熱い舌はミコトの口内をすべて喰らい尽くそうとするかのようにかき回す。舌先で口蓋を擦られると、たちまち腰が砕けてミコトはハヤトに縋りついた。

ハヤトの手のひらが背中に回り、首の付け根から腰の上までを一息に撫で下ろす。その感触に息を呑み、それだけで身体がびくびくと震えた。さっき火をつけられたばかりの身体が、瞬く間に熱を取り戻す。

しかもその熱は、あの男に組み敷かれた時とは比べ物にならない。身体が内側からハヤトを欲してすぐにでも暴走しそうだった。

駄目だ。相手がハヤトであっても、これ以上の接触は危険だ。

「あ、ちょ、ハヤト」

唇が離れた一瞬、呼びかけるが、ハヤトの手は止まらない。

「あんな男に触らせて、お前は俺の……」

唸るように言うハヤトの目も顔つきもいつもとはまるで違う本能剥き出しの獣のようで、ミコトは本能的に彼を恐れた。

「あう、っん、ハヤト」

首元をくつろげられ、首から鎖骨を晒される。そこに野生の獣さながらに噛みつかれて、ミコトは呻いた。濡れた温かな感触が、骨を辿る。ときおりきゅっと肌を吸われると、身体の奥がじんと疼いた。恐れがたちまち、欲望に変わる。

欲しい。このままハヤトのなすがまま、彼を受け容れたい。

「ん、あ、だ……め……っ」

でも、今ここで流されるわけにはいかない。微かに残った理性で彼の肩を掴んで引き剥がそうとしても、身体が震えて上手く力が入らない。

逆に両腕を掴み返され、ミコトの身体を固定したハヤトの舌は更に下へおりていこうとしていた。

「や、いや……あ」

いやいやと首を振っても、彼の舌の感触に震えるほど感じてしまい、碌《ろく》な抵抗ができない。勢いよく胸元がはだけさせられると、胸の上で何かが転がる感触があった。

「ん……っ？」

すると何故か、ハヤトの動きが止まる。胸元を見下ろすと、祖母の形見のペンダントを、彼が穴の開くほど凝視していた。

「え……？」

拘束する手が緩んでいることに気付いて、ミコトは咄嗟に身体を捩った。するり、とその腕から抜け出ることができて、思わずハヤトを振り返る。

ハヤトは未だその目にぎらぎらとした欲望を滾《たぎ》らせながら、しかしこちらに伸びようとする左手を右手で掴んでいた。

「俺っ、が、部屋、出たらすぐ、鍵、締めろ……」

「ハヤト」

苦しそうなハヤトの声。これは、香りによる暴走なのだ。それをハヤトは何とか理性で抑え込もうとしている。とにかく、今は彼から離れなければ。

よろけながら椅子の後ろに回り、ハヤトと距離を取る。

「ミレイ、が来るまで、誰も入れるな。……っ、分かったな」

無我夢中《むがむちゅう》で首を縦に振ると、重い身体を引きずるようにしてハヤトが部屋を出ていく。

言われた通りに内側から鍵をかけると、身体から力が抜けてミコトは床に座り込んだ。

急激な発情を立て続けに目の当たりにした衝撃で身体が震えている。

ハヤトが言った通りだ。自覚がなかった。足りていなかった。もしあのままあの男にやられていたら。もしくはハヤトが正気を取り戻さなかったら。そこですべてが終わっていた。自分の愚かさに打ちのめされ、ミコトはしばらく動くことができなかった。


白い花がふるりと揺れる。

その花弁に身体を預けていたミコトは揺れに瞬きし、花の上で目を覚ました。

またこの夢か、と思う。

再び目を閉じようとすると、もう一度花が揺れる。それはまるで自分を眠らせまいとするみたいで、ミコトは花が何かを訴えたがっているように感じた。

「何、どうしたの。お前、何か言いたいことがある？」

幼い頃、良くそうしていたように花に語りかける。

すると身体を預けていた花びらがするりと抜けおち、支えを失ったミコトは慌てて花芯に縋りついた。けれど今度は、その花芯も崩れ落ちてゆく。しがみついたまま、自分も底の見えない闇に沈んでゆく。

――どうした、何が言いたい、何か、言いたいことがあるんだろ――

夢の中で思わず叫んだミコトは、そこで目を覚ました。


「ノト様がお見えですが、今日はお休みになりますか」

朝食の器を下げながらミレイが言う。

重苦しい目覚めの余韻を拭いきれずにいるのを、見抜かれているようだ。

あんな夢を見たのは、昨日のことで心が消耗《しょうもう》しているからだろうか。花と共に、どこかへ落下してゆく夢。

ミレイは言葉にはしないものの、昨夜のことを自分の不手際だと悔いているようだった。

ミコトは気まずい空気を吹き飛ばそうと、殊更大きな声を出して立ち上がった。

「まさか。早く会って話が聞きたいです」

「ミコト様」

「俺は、大丈夫です」

そう言い切ると、ではお連れします、と言い残してミレイがドアの向こうへ消える。ほどなくして、茶色の外套《がいとう》に身を包んだ恩師が現われた。

「先生」

椅子を立ち、恩師を出迎える。ミレイは気を利かせたのか、部屋を出て行った。

あの食堂で最後に顔を合わせてからまだ二週間もたっていないのに、ひどく懐かしく感じる。嬉しくて駆け寄ろうとすると、困ったような顔のノトに制止された。

「ああ、それ以上近付くのは遠慮してもらえるか。私も一応、宮家に連なる者だから。こんな年寄りにも今の君は少々刺激が強い」

冗談めかして言われ、いたたまれなくなったけれど、ノトは何でもないように続けた。

「まあまあ、座ろうじゃないか。これまた豪奢な、天鵞絨張りだ」

低い机を挟んで、長椅子に腰を下ろす。脱いだ外套を脇に置くと、ノトはまじまじとミコトの顔を眺めた。

「君の側付から聞いた。……いろいろあったようだね。相当参っているかと思ったが、目

には前と変わらない、君らしい光がある。安心したよ。君は大丈夫だな」

穏やかに微笑んだ恩師に、ミコトは口ごもった。

「そう、でしょうか……」

「それにあの五宮の王子が何をおいても君を守ろうとしているようだしね」

ミレイが用意していったシロユーカリの茶に手を伸ばしながら、ノトが思いがけない人物の名を口にする。ハヤトのこと考えると途端に気持ちが乱れて、ミコトは目を伏せた。

「ハヤトは……彼が考えていることは、良く分かりません。ミレイさんは、とてもよくして下さっていますが」

「アハハ、そもそも決まっていた従者候補を、急にミレイ君に変えさせたのがあの王子だからね。王候補の彼の発言力は、王宮内では大きい」

ずっ、と茶を啜り、ノトが一呼吸置く。

ミレイを指名したのがハヤトだなんて知らなかった。彼もミレイも、そんなことひとことも言っていなかった。

けれどそういえば、初対面の日、ミレイは誰かから自分のことを「非常に強い方だと」聞いたと言っていた。あれはハヤトの言葉――いや、そんなわけはないか。

「ミレイ君の家は、神官として最も古い家系のひとつでね。正義・中立・忠義を旨とする由緒正しい血筋なんだ。魑魅魍魎《ちみもうりょう》が跋扈《ばっこ》する王宮にたったひとり放り込まれる人間の女

王候補を守るのに、彼ほどふさわしい神官はいない」

したり顔で言うノトの前で、ミコトは目を瞬いた。

確かにミレイは、最初こそ冷たい態度だったけれど、今は自分のために心を砕き、身を尽くしてくれているのが分かる。自分のため、ハヤトがミレイを選んでくれたのだろうか。そもそもハヤトは、女王候補に降りかかる危険を予想していたということだろうか。

「あの……そのことなんですが、俺は何故、誰かから狙われなければならないんでしょうか。この王宮で一体何が起こっているのか、俺にはさっぱり……女王選びの儀が、宮家の権力争いの場になっていることは聞いたのですが」

以前、ミレイは儀式だけに集中しろと言ったが、もうそれも限界だ。

「その通り。しかし今回、人間の君が女王候補になったことで争いの主題は少々変わった。人間が権力の頂点に立つことになれば、このコロニーの基盤である身分制度が揺らぐ。王族の中にはそれを何より恐れている者がいる。王族の権力の根源は、階級制度だからね。今、彼らの本音は『人間が女王になれば、王家の威信が地に落ちる』だ」

「そんな……」

「特に過激なのが二宮家だ。儀式の失敗を画策してるのはおそらく、彼らだろう。毒を使うのは二宮のお家芸《いえげい》だし、昨日君を襲った軍人も二宮の傍系《ぼうけい》だ」

具体的な宮家の名前が挙がって、すっと背筋が寒くなる。そういえばミレイも、カケス

ズランの件のとき、二宮の名を呟いていた。

「身元のすぐ割れる者を使うのは、ばれても構わない、お咎めなしだと分かっているからだ。王族の者は誰も人間の女王など望んでいない、不幸な事故があったで済ませられると踏んでいるんだろう」

恩師の歯に衣着せぬ物言いで、不安はさらに広がった。

自分の命を狙う者と、見て見ぬ振りを決め込む敵ばかりの中で生活していたなんて。身体が竦み、両腕を抱きかかえる。

「五宮の王子が助けに入ったことでそうはいかなくなったけどね。彼はあの軍人を軍の規定で裁こうとしていると聞いた。五宮は軍人の家系で、軍とのつながりが深い。厳しい処罰が下るだろう。あの王子がそういう手段に出ると分かれば、二宮も今後迂闊《うかつ》には動けないだろうね」

あの時のハヤトの言動の裏に、そんな背景が隠されていたとは。あの不真面目な態度を崩さない王子の別の顔が、またひとつ浮かび上がる。

「君は彼と高校で同窓だったそうだが、その時から親交があったのかい？」

「いえ……」

答えながらミコトは混乱していた。

自分が女王候補でなくなれば、次の女王候補が出てくる。ハヤト以外の王族は、それを

狙っているということだ。ではなぜハヤトは自分を守ってくれるのだろう。人間の、しかも男を相手になんてしたくないに決まっているのに。

「ああ、話が逸れすぎたかな。本題は突然死の流行についてだったね」

「あ、ええ、はい」

そうだ、今は自分の身より、このコロニーに起きている突然死の方が問題だ。

「先生は今日、現地調査から戻られたんですよね」

ノトはいかにも、と大きく頷く。

「死体を十以上見た。毎日死人が出るようになって民衆はパニックだ。死人が出た家が火をつけられたというような話も聞く。神の怒りだ、百年前の厄災の再来だ、と大騒ぎだよ」

恩師の言葉に、息を呑む。自分が王宮という閉ざされた空間にいる間に、事態がそこまで悪化しているなんて。

「……早く、女王にならないと……」

「そうだね。かつてないほど女王を求める声が高まっている。儀式を早められないのかとか、候補のままでもとりあえず神儀だけでも行えないのかという声も聞くよ」

ミコトは膝の上の掌をぎゅっと握りしめた。早く気を溜めて、第三の儀を行わなければ。けれどその後さらに十分な気が溜まるのを待って、最後の儀式を行わなければならない。その間にどれだけ、死者が増えるだろう。

考えただけで、恐ろしくなる。

「そ、それで、先生はどうお考えですか。今回の、突然死について……」

「結論から言おう。あれは百年前の厄災と、同じものだと私は考える」

「百年前の厄災と、同じ……」

「死体の状態が、文献に記されている特徴と悉《ことごと》く一致している。全身が倍以上に膨れ、目玉は煮えたように濁《にご》り、腐乱《ふらん》のはじまるのが極めて早い」

恩師の言葉は確かに、記憶にある文献の記載の通りだった。

「……先生。以前、百年前の厄災はヤマイだったのではないかと考えたことがありましたよね。今回調査をされて、その仮説についてはどう思われますか」

「おお、ミコト君。私もまさにあの時の議論を再検討する必要があると考えていた。我々は、神の怒りなんて曖昧《あいまい》なものに捕らわれるべきではない。学者の本領発揮といこう」

こんな事態だというのに、この恩師はどこかわくわくしているようだった。その興奮は、分からないではない。

ずっとしてきた研究が役に立つなら、ミコトにとってもこんなに嬉しいことはない。

「最初の死者は、この王宮に出入りしている者だったんですよね」

「その通り。亡くなったのは王宮に勤務する司祭に技官、元老院の事務官だ。皆マスタークラスの中でも家柄が良い者ばかりで、寿命には程遠かった。それが最初の謎だな」

「どうして王宮で……やっぱり、俺が……」

しかし今回の突然死がごく身近ではじまったことを考えると、ミコトの気分は沈んだ。

――忌々しい……あのようなものが王宮に上がったせいで……

――きっと、あれが原因に違いない。神がお怒りになったんだ
名も知らぬ文官たちの噂話が耳に蘇る。

「おいおいそんな暗い顔をして、まさか「神の怒り」なんて言い出すつもりかい？　生体学者なら、この現象がヤマイだと仮定した場合、彼らには何か共通点なり繋がりがあったのではないか、と考えるべきだ」

「……けど、俺が王宮に入った直後に、厄災がはじまったのは事実です」

「ふむ、確かに。百年前の厄災も、人間のそばからはじまり、原因は人間だと考えられた」

「……人間の娼館、でしたよね」

「そう、発症者の中に人間の娼館に出入りしていた者が多かったから、人間を不浄だと考える輩《やから》が、それは神の天罰だと言い出した。今回、君が王宮に上がったことが神の怒りに触れたと言い出す構図とよく似ている」

やはり神の怒りと説明するのが、一番筋が通る気がする。

「神の怒りではないとしても……人間の俺が原因だということは十分考えられますよね」

「そうだなあ。けどヤマイは身体に直接作用する目に見えない何かが引き起こすものだ。

実際問題、君は今回死んだ司祭たちと顔を合わせたこともなかったんだよね」

「そう……ですね。俺の行動はすごく制限されていて、会う人も限られています。では死んだ人たちには他に何か共通点が……？」

「そこが難しくて、皆いい家柄だから、周りの口が堅いんだ。家族含めて誰も、私みたいな変人に故人のことを語りたがらない」

「そうですか……」

ノトで無理ならば、自分では尚更話しては貰えないだろう。

かといって他に突破口も思いつかずため息を吐くと、ノトが気遣わしげな声を出した。

「少し疲れたかい？　儀式が女王候補の身体を変化させると聞くが……」

「変化？」

「そう。人間の君には負担が大きいんじゃないかと思って心配していたんだが」

「変化といえば……あ、いえ、特に、何も……」

儀式以降、身体が酷く敏感になり、ハヤトを見るだけで発情するようになってしまったなどと、ノトに言えるわけはない。答えに詰まって口ごもる。

と、ふと夢のことを思い出した。最初の儀式の後から、毎晩あの花の夢を見ている。

「そういえば、先生はこんな花をご存知じゃないですか。形状はヤマサトイモの花に似ているのですが、一輪が大きくて、白い花弁が裂けたように二枚に分かれている。中央にほ

のかに紅をさした透明の花芯があって、この世のものではないような美しさなんです」

その花を頭の中に思い描くだけでうっとりするほど、美しい。けれどどこか恐ろしくもある、不思議な花だ。実際に見たことはないのに、感情までも揺さぶられる。

「んん？　歩く植物図鑑の君が知らないような花、私に分かるわけ……いや、ちょっと待てよ。君、その花をどこで見た？」

「実は、実際に見たわけではないんです。このところ繰り返し、夢に現れるようになって」

話すうち、今朝のあのもどかしい感覚が蘇る。何かを訴えたがっていたような、あの花。

「なるほど。それは象徴的だな。ミコト君、その白い花はね、おそらく女王の花だよ」

「女王の……花？」

「この王宮の最深部のほか、ごく限られた場所にしかない花で……新しい女王誕生のために咲くと言われている」

それはひょっとして、ミレイが言っていた儀式の間に咲く花のことだろうか。儀式の間はこの女王選びの儀の最後の儀式のための部屋で、普段は固く閉ざされ、選ばれた王族と神官しか出入りができないという。

たしかにあの花が儀式の間に咲く花なら、意味ありげに夢に現れるのも分かる気がする。

一度そう納得しかけたミコトは、しかし何か引っ掛かるものを感じた。

「もちろん、私も文献で知っているだけで、実物を見たことはない。なにせ前回その花が

咲いたのは百年前、前女王の交代の時だからね」

「百年前」

何気なく恩師の言葉を繰り返した時、ある考えがまるで天啓《てんけい》のように閃《ひらめ》いた。

「百年前の……女王崩御《ほうぎょ》……女王の花……ヤマイの流行……」

何も根拠はない。けれど、研究中に仮説を思いついて、実験してみる前にそれが正しいと直感している時のような、妙な確信がある。

あの花が繰り返し伝えようとしていたこと、それは。

「先生。突然妙なことを言い出したと思われるかもしれませんが……その女王の花が、蟻人の突然死に関係しているのではないでしょうか」

「ええ？」

「草花は人間の身体を癒してもくれますが、扱い方を間違えればヤマイにもします。ひょっとしたら、その女王の花が、蟻人の身体に……ヤマイを……」

けれどミコトの言葉は、だんだんと勢いを失った。結局のところ根拠は夢にあの花が出てきたということだけなのだ。一流の研究者である恩師に、単なる思い付きを口にしてしまったのが恥ずかしくなる。

「いや、あの、すみません、先生。やっぱり、今のは……」

呆気にとられているのか、恩師は目を見開いたまま黙っている。気まずくなって取り消

そうとした瞬間だった。

「なるほど‼　ミコト君、すごいぞ！　そうか、あの娼館の、秘薬……そうか、そういうことだったのか‼」

「へ？」

突然恩師が大声を出して、今度はミコトが驚く。

「そう、聞いたことはあった、あったんだよ！　私としたことが……その可能性を考えてみるべきだった‼　秘薬だよ‼」

「ひ……やく？　ぅ、ケホッ」

興奮して立ち上がった恩師の勢いに圧され、上を向いた拍子に咳き込んでしまう。

「ああ、ごめん。あまりにぴったりと物事がつながったので、興奮してしまった。ミコト君、今君が言ったことは充分に可能性がある。人間の娼館では人間の間に伝わるという花の秘薬を使っていた、と言われているんだ。もちろん、媚薬《びやく》としてね」

「花の……秘薬……媚薬……」

ノトが立ったまま辺りをうろうろしはじめる。思考状態に入った時の癖だ。

「これは、知人の好事家《こうずか》から聞いた話でね。色事に使う道具とか薬とかってのは、いつの時代も快楽に金を惜しまない金持ちの間で流通してるもんだけど、その中でも伝説級の媚薬が『百花油《ひゃっかゆ》』だ。現在では全く出回ってない好事家垂涎《すいぜん》の品なんだが、それが手に入る

ならいくらでも出すという輩が後を絶たないらしい」

「ヒャッカ、ユ……ですか？」

「百の花の油と書くんだけどね。そいつは私が古代生物や植物に詳しいからと、その伝説の媚薬がどういうものか分からないかって聞いてきたんだ。で、暇な時に少し調べてやった。百花なんて花は知らない。百種類の花の油を集めたものなのかと最初は考えたが、その希少性や特徴なんかからしてどうやら女王の花らしい、というところまで行きついたんだよ。あの当時研究室に君がいたら、君にも聞いてたと思うんだが、薬師の伝承の中に女王の花にまつわる薬はないかい？」

「……いえ。祖母は知っていたかもしれませんが、俺は聞いたことはありません」

　祖母が教えてくれたのはミコトが生きていくために必要な草花がほとんどだ。百年に一度しか咲かない花の活用法は、教えられていなくても無理はない。

「そうか。それは残念だな。ま、当時もそれ以上のことは分からなかった。だが、突然死に女王の花が関係しているかもしれないという君の仮説は、大いに検証する価値がある」

　興奮して大きくなる恩師の声を聞きながら、ミコトもまた気持ちが昂ぶっていた。解決に向けて、一歩前進した気がする。

「百年前と同じに、今回も女王の花の開花とともにヤマイがはじまっている。百花油を知る誰かがそれを作り、好事家たちの間に流した。最初の死者たちには地位も金もコネク

ションもある。秘薬を手に入れられていてもおかしくはない」

矢継《やつ》ぎ早《ばや》に喋りながらぐるぐると歩き回っていた恩師は、そこでふと声を落とした。

「ただ、死人に事情を聞くことはできない。遺族の口も堅い。どう調べるかだな。突然人間の秘薬について聞いて回って、知っていますと誰かが名乗り出るとも思えない」

ノトの言うことはもっともで、ミコトも考え込んだ。人間に代々伝わる秘薬。

またもや何かが引っ掛かって、ミコトは掌で口を覆った。最近、どこかで耳にした言葉。

「ん？　何か思いついたかね」

まだ鮮明な、昨日の記憶。自分に襲いかかったあの男が、口走っていた。

「この前、その……それらしいものの話をしている人がいたのです。人間発祥《はっしょう》のもので、それを使うと、人間が……」

「ひどく発情する、と？　それだよ！　誰からその話を？」

「ええと、その……」

あの男のことは、思い出したくもない。けれどそんなことを言っている場合ではないのでミコトは席を立ち、ドアを開けた。と、そこには呼ぼうと思った姿がある。

「ミレイさん」

「失礼ながら、お話は聞かせて頂いておりました。あの男なら、ハヤト様が軟禁令を出されたのでおそらく今はこの王宮の懲罰房《ちょうばつぼう》にいるかと」

　優秀な側付は、話が早くて助かる。

「じゃあ、ハヤトに頼めば彼から話を聞けるかな」

「ええ。この時間ならハヤト様はそろそろ日課の終わる頃でしょうが……私が行ってきましょうか？」

　襲われかけたことを気にしているのだろう。気遣わしげな表情を浮かべたミレイに、ミコトは首を横に振った。

「大丈夫、俺が直接話をします。……すぐに行きましょう」

「では私はその間に、担当の役人のところへ今回の調査報告に上がるとしよう。あいつら何も分かりはしないが、無視すると後がうるさいのでな」

　ノトと頷き合い、ミコトはミレイと部屋を出た。


　連れて行かれたのは第二の儀を行った礼拝堂で、ミコトはハヤトの日課が祈祷であると聞き、意外に思った。王族の義務らしいが、彼がコロニーのために祈るなんてあまり想像がつかない。

　入り口にミレイを残して神兵の開けた扉を通る。礼拝堂の中は儀式の時と同じに、昼間でも薄暗い。部屋の中央、浅く水を張った池の中に、跪く黒衣の背中があった。

何を尋ねずとも彼が祈りを捧げていることが分かり、ミコトはその場に立ち止まった。

水面に額がつくほど頭を低くし、水を滴らせながらゆっくりと顔を上げる。その姿はまるで一幅《いっぷく》の絵画だった。時が静止したような静寂が、一切の邪念《じゃねん》を許さない。

空気は清廉であると同時にひどく張り詰めているようでもあり、何だか自分が場違いな気がしてくる。

「今はお声掛けをご遠慮くださいますよう」

背後から突然声をかけられ、驚いて肩が揺れる。振り返ると、ハヤトと同じ黒衣を身につけた男が、角の薄暗がりから現れた。

「あ、あなたは……」

「ご挨拶が遅れており申し訳ありません。ハヤト様の侍従のキクナと申します」

腰を折る丁寧な礼をした男は、ハヤトより少し年嵩《としかさ》に見える。

「私はハヤト様の従兄弟にあたり、この礼拝堂に入ることを許されている身にございます」

そう言われてみると、後ろでひとつにまとめられているつややかな黒髪や切れ長の瞳が、ハヤトに似ているような気がする。

そこでミコトは、高校時代いつもハヤトのそばにいた生徒の姿を思い出した。自由奔放なハヤトにまるで影のように突き従っていた少年。あれは、このキクナだった。ハヤトより歳は上だが、彼のそばにいるため高校入学を遅らせ、同級生として入学したのだと聞い

て驚いた記憶がある。

「はじめまして、ミコトと申します。ハヤトはいつも……こうやって祈りを？」

「……水にくぐる礼拝は、神への最上級の敬意を表し、コロニーの安寧《あんねい》を祈る儀式です」

冷たい視線をくれながらの説明は、そんなことも知らないのか、と言いたげで、ミコトは少し臆してしまう。

「面倒がって水に入らない王族が多い中、ハヤト様はこうして礼拝なさる。古臭い権威主義に懐疑的な姿勢を取られる一方で、意味ある伝統を疎《おろそ》かになさらない方です」

ハヤトの祈りを邪魔しない程度の小声で、流暢《りゅうちょう》にキクナは答えた。寡黙《かもく》そうな外見ながら、主のこととなると随分饒舌《じょうぜつ》になるらしい。

「常にこのコロニーのことを何より大事に考えていらっしゃるのです。前女王から、たった六歳で王候補になる予言を授けられてから、ずっと。少し荒れた時期もありましたが、そのさなかでもこうして神と対峙することをおやめにはなりませんでした」

ミコトは目を見開いた。

これまで、彼がどんなふうに育ってきたかなんて、考えたこともなかった。いや、王族として生まれ、ドミナントの優れた肉体と知能を持つ彼は、自分とは全く違う――何不自由ない――人生を歩んできたのだろうと、思ったことはある。

六歳で、次期王となる予言を授けられる。その重圧がどれほどのものか、ミコトには想

像してみることも難しい。高校時代、ただ自由奔放に見えていた姿の内側には、どんな彼がいたんだろう。

「知りませんでした。ハヤトが……」

「あなた様は何もご存知ない様子。ただ楽しい時間をお過ごしのようですが、ハヤト様のことを、どう思っていらっしゃいますか？」

唐突に不躾な質問を投げかけられて、ミコトは面食らった。

彼とは儀式のため、一緒にいるに過ぎない。けれどハヤトと過ごすようになってからの妙に昂ぶる心を見透かされたようで、後ろめたい。

キクナの黒い瞳が主へ向けられている。

「……ご自分は、ハヤト様に相応《ふさわ》しいとお考えでしょうか」

「……え？」

ミコトを見ないまま、けれどやけにはっきりと、彼はそう口にした。思わず戸惑いの声が出るが、キクナは何の反応もみせなかった。

暗に、お前は彼に相応しくないと言われているのだ。主をとても尊敬しているらしい彼には、ミコトがハヤトに不釣り合いな相手に映るのだろう。

ミコトは悔しくて唇を噛んだ。自分が彼に相応しいなんて、思ったことはない。ただ、与えられた役目を必死に全うしようとしているだけで――心の中で言い訳のように呟くと、

また胸の奥が痛んだ。

分かり切ったことが、どうしてこんなにつらいんだろう。

胸苦しさに、思わずハヤトの背中を見つめてしまう。すると彼が不意に顔を上げ、こちらを振り返る。その瞳が自分を捕らえて、ミコトの心臓は大きく跳ねた。

「ミコト」

髪の先から水を滴らせ、ぽつりと呟く。

彼が口にした自分の名前の響きに、鼓動がどくどくとうるさくなる。咄嗟にうんともあとも返事できないでいると、ハヤトは長い脚でざぶざぶと水を蹴り、池から出た。

音もなく駆け寄ったキクナが彼の着替えを手伝いはじめて、ミコトは慌てて目を逸らした。けれど脳裏に、一瞬見えた彼の肌やほどよくついた筋肉がちらつく。その身体に抗えぬ欲情を感じて、いたたまれなくなった。儀式を受けた身体が、心を置き去りにしている。

立ち尽くしていると、着替えを終えたハヤトが近づいてきた。

間に十分な距離を保ち、話しかけてくる。

「……平気か？　こうして、俺と話して」

その声はいつになく控え目で、心許なげだった。彼のこんな様子を見るのは初めてだ。

「え？　う、うん。この距離なら、昨日みたいにわけがわからなくなったりしな……」

「そういうことじゃない。……俺が怖くないのか、と聞いてる」

「怖い？」

「信用できなくなっただろ、俺のこと。無理強いはしない、見境なく襲ったりしないなんて、大口たたいておきながらあのザマだ」

目を伏せて自虐的にそう言うハヤトは、いつもの彼とはまるで別人だ。

あれは事故みたいなものだったし、儀式の効果を甘く見ていた自分にも責任がある。なのにハヤトは、深く自分の行いを悔いている。そこに、彼を知る前に思い描いていたような傲慢《ごうまん》さはまるでない。

きゅ、と胸の奥が疼く。こうやって、彼の内側を覗けば覗くほど、引きつけられてしまう。儀式によって変えられた身体のせいだろうか。けれどこの胸のくすぐったいような痛みは、身体の奥が熱くなるあの時の感じとは全く別のものだ。

「……怖くなんか、ないよ。俺はハヤトが、真摯に儀式に臨《のぞ》んでるって知ってる」

ミコトは努めて平静を装ってそう言った。

嘘ではない。襲われてからも、ハヤトを恐ろしいとは一度も思わなかった。

「いつもそっけない言い方をするけど、優しいところがあるってことも」

好き勝手に見えて、芯の通った彼の言葉や行動。そこに隠された優しさと、コロニーを思う王族としての責任感。そんなものに、気付きはじめている。だから彼を、恐ろしいとは思えない。

――俺はお前と、恋愛するつもりはない

あんなふうに突き放す言い方をしたのはきっと、自分に余計な期待を抱かせないための、彼なりの優しさだったのだろうと、今なら分かる。

そしてそんな彼の隠れた素顔を見つけるたび、彼を――。

彼を?

「俺は、君を――」

ひょっとして自分は彼に、恋してしまったのだろうか。

そう気付いた瞬間、ミコトは唇を開いたまま硬直した。経験したことのない胸の疼きや痛みは、自分には決して縁がないと思っていたもの。恋、なのかもしれない。

まるで足元が薄い氷になったかのように感じる。一歩でも踏み出せば、冷たい水の底へ沈んでしまうと、本能で分かっている。

ハヤトに、恋をするなんて。

「違う」

無意識にそう、口走っていた。

これは、恋なんかじゃない。絶対に。

「ミコト?」

訝しげな声に、ミコトはハッとして言葉を探した。

　彼へのこの気持ちは、恋じゃない。恋ではなくて、もっと別の何かで。

「あ、ええと、つまり、俺は君を信頼してる。ええと、儀式の……パートナーとして」

　そう、これが正しい答えだ。あるべきなのは、儀式のパートナーとしての信頼。決してそれ以上の想いがあってはいけない。彼を困らせるだけだ。

「……パートナー？」

「そう。だから気にしないで。一緒に儀式を成功させよう」

　ミコトは懸命に笑みを顔に張り付けた。

　するとなぜか、ハヤトが苦しげに顔を歪める。

「お前は……本当に……」

　また呆れさせるようなことを言っただろうか。びくびくしていると、彼はぶるり、と頭を振った。

「……ハヤト？」

　おそるおそる名前を呼ぶと、ハヤトがゆっくり顔を上げる。再びミコトを捉えたその瞳は、今度はひどく真剣な色をしていた。

「……とにかく、昨日は悪かった。お前に恐ろしい思いをさせたし……殺しかけた。二度とあんなふうに暴走したりしない。神に誓って」

　真正面から見つめられるとどぎまぎして、目を逸らしてしまう。ミコトは自然と早口に

なった。

「も、もとはと言えば俺が、ミレイさんやハヤトの忠告に従わなかったのが悪いんだ。あの男に襲われかけて、その……女王候補の、人を惑わす香が強く出たんだろうってミレイさんも言ってた。大丈夫。君が俺を襲う気なんてなかったって、分かってるから。あの、むしろ俺なんかを襲って、君も気分が悪かったと思う」

ミコトの言葉に、ハヤトは何とも言えない顔をした。気分が悪かったと、はっきり言うのは躊躇われるのだろう。

「ハヤト、いいんだ。気を遣わなくても。……今は大丈夫？」

重ねてそう聞くと、ハヤトはひとつ、ため息をついた。

「……大丈夫だ。……昨日はお前に怒っておきながら、俺も油断してた。感情を、抑制しなきゃならないのに」

「感情を抑制？」

ミコトの問いに、ハヤトが頷く。

「発情で香りは強くなり、お互いの発情を更に煽る。それに対処するには、感情を制御するのが一番いい。理性が勝ってるうちは、過度な欲情は抑制できる。でも一旦感情が昂ぶると、理性で抑えが利かなくなる。逆に冷静であれば、欲情は適度に抑制されて、香りもそれほど強くならない。現に今は祈祷をしたばっかりで落ち着いてるから、普通に話すぶ

んには何ともない。そうだろ？」

言われてみれば、今はそれほどハヤトの香りを感じない。

「……祈祷で落ち着く？」

「王族は皆、祈祷で神に祈りを捧げるとともに自分の感情を冷静に見つめ、制御する術《すべ》を学ぶ。コロニーを治める者の義務として」

彼がどこか掴みどころがなく、ともすると傲慢に見えていたのは、常に感情を抑制しようとしていたせいだったのかもしれない、と気付いてじっと見つめてしまう。

「何だ」

「え？　あ、な、何でもない。じゃあ俺も、冷静さを保てば君の香りに惑わされるのを抑制できる、ってことだね」

胸の疼きを無視して、ミコトは何でもないふうに答えた。自分と彼の間に必要なのは、信頼関係。そう、何度も言い聞かせる。

「そうなるな。コロニー史の年号とか、よく知らないけど薬草の組み合わせとか、冷静になれそうな事柄を思い浮かべるといい」

「……ミレイさんの冷たい目とか？」

「ふはっ、そうだな。俺の場合はキクナの説教とか。すごく萎えるし冷静になる」

ミコトの答えに、ハヤトが吹き出す。ずっと続いていた重苦しい雰囲気が、ようやく軽

くなった。

「そういえば、今日はようやくお前の先生が来るんだよな。俺も早く話が聞きたい」

そこでミコトは、ここへ来た目的を思い出した。

「その話をしに来たんだ。先生とはもう話をして……今流行してる突然死は君の言う通り、ヤマイかもしれない。で、そのヤマイの原因が、分かったかもしれないんだ」

「本当か」

「それで、その……昨日俺を襲ったあの男に、話を聞きたいんだけど」

「あ？」

途端にガラの悪い声を出したハヤトに、ミコトは慌てた。

「あ、俺じゃなくて、ノト先生が。ヤマイの発生源を、その男が知ってるかもしれなくて」

細かいことは聞かず、ハヤトはすぐに侍従を振り返った。

「おい、ノト教授を第三房に案内してくれ。後から俺も行く。念のため、監視をつけろ」

「かしこまりました」

てきぱきと指示を出すハヤトの横顔に、自然と視線が吸い寄せられる。頼もしく、王になるのに相応しい。こんな状況で恋かもしれないなんて迷っている自分とは大違いだ。

「ぼんやりして、どうした？　また、具合でも悪くなったか？」

視線に気付いたハヤトが怪訝な顔で言い、そのあと少し優しく問うてくる。ミコトは慌

てて首を振り、大丈夫と答えた。

これは儀式で、恋愛じゃない。そう、胸の中で唱える。

彼と一緒に、この儀式を成功させる。そのためには発情を自分でコントロールできるようにならなくてはならない。彼に、恋してはならない。

ハヤトとノトによる聴取で、人間の娼館の経営者の子孫だという男がコロニーのあちこちから女王の花を集め、油を精製しているらしいことが分かった。女王の死の翌日には上流階級の好事家たちの間で噂が流れたという。

情報を得たノトは再び現地調査へ発ち、ハヤトとミコトは彼の帰着を待つ間、書庫の書物を調べて過ごすことにした。

「ああ、もうこんな時間ですね。下がらせて頂きますが、ミコト様はくれぐれもご無理なさらず、早めにお休みになって下さい」

机に積まれた本の山をちらりと見遣り、ミコトに釘を刺してからミレイが退室する。

しんとした部屋で、誰にも聞かれないのをいいことにミコトは大きなため息をついた。

このところ、就寝前のこの時間がとても苦手になっている。ミレイの言いつけどおり早めに寝台に上がっても、なかなか寝付けないからだ。

本を閉じると、寝台に腰かけてそのままばたん、と上半身を後ろへ倒す。行儀悪く寝そべると絹の上掛けがさらりと頬に触れる。その感触がハヤトの指を思い起こさせた。

またた、とミコトは上掛けを握りしめた。

毎夜、横になると彼のことが頭に浮かぶ。そして一度思い浮かべてしまえばそれはたちまち淫らな熱となって全身を侵し、身体の疼きに眠るどころではなくなってしまうのだ。

昼間、ハヤトと居る時は気持ちが昂ぶらないように、努めて感情を抑制している反動かもしれない。身体と心がどこまでも自由に彼を追い求め、昂ぶってゆく。恋ではない、と理性で自分に言い聞かせても、身体は日増しに強く彼を求める。まるで拷問だ。

早くも熱くなった息を吐き出して、ミコトは上半身を捩った。身体の奥がじくじくと熟んでいる。

目を閉じると自分に触れたハヤトの手、指、唇――舌が次々と思い起こされ、皮膚の薄い個所や唇、耳の先、そして胸の先までもが彼に触れられたがって疼く。

そろそろと手を動かして、あの日彼が噛んだ鎖骨をそっと辿る。歯の感触を再現しようと爪を薄い皮膚に立てると、体温がたちまち上昇し、身体の芯がぞわりと蠢《うごめ》いた。もっと、もっと刺激がほしいと本能が喚きだす。

自分の胸をそっと擦ってみる。するとそこからびりびりと快感が走って、ミコトは息を詰めた。

なんて浅ましいんだろう。けれど、どうしようもなく気持ちがいい。本当はハヤトに触れてほしいけれど、それは叶わない。手が勝手に動いて、二度、三度と胸の先を擦るうち、腰にも熱が溜まりはじめた。

「っ、ふあっ」

胸の先が次第に硬くなり、薄い装束の布地を持ち上げる。ぷくりと膨れたそれが何ともいやらしく感じ、引っ込めようと指で押し潰すと声が漏れた。あまりに気持ち良くて、思わずそのまま指先を胸の先に強く捻《ね》じ込むと、腰がびくびくと跳ねた。

ハヤトにこんなふうにされたら、と思うと、たまらない。

ミコトは胸を触ったまま俯せになり、腰を上掛けに擦りつけた。第一の儀で、そこに刺激を与えられると、信じられないほど気持ちがいいことを覚えた。けれど、同じ快感が欲しくて腰を動かしても、思ったほどは気持ちが良くない。

思い切って自分の手でそこを握ってみても、それほど感覚は変わらなかった。自分で触っても、駄目なのだろうか。胸をぐにぐにと弄りながら腰を揺らしてみても、身体の中にぐるぐると熱が溜まるばかりで、あの時のように身体が昇り詰めていく感じがない。ただあの時神具を挿入された後ろは自然にひくひくと動きはじめている。

これ以上どうしていいか分からなくて、ミコトは寝台の上でひとり悶えた。自分の身体のことなのに、どうにもできない。もどかしい熱が渦巻き、苦しい。自分で自分の胸をつ

つき、虚しく腰を揺らめかせていると、目尻に涙が滲んできた。

ハヤトに触ってほしい。

そういえば、第三の儀は抱き合って一晩を過ごす儀式だとミレイが言っていた。その日が来ればハヤトに触れてもらえるだろうか？　浅ましい希望が、頭をもたげた。

そんなふうに考えてしまうなんて、恥ずかしすぎる。

ミコトは女王候補になったことを、初めて後悔した。こんな欲望も、どうにもならない感情も、知りたくなかった。相手にするのは植物ばかりで、時にノトと論議し、薬師になる夢に一歩ずつ近づいて。ついこの間まで当たり前だった日常が、ひどく遠く感じる。

早く眠りに就きたい。けれどこのままではじっと横になっているのすら無理そうだった。

諦めて起き上がり、続きの間から本を数冊選んで寝室へ持ち込む。何かしていないと、頭がおかしくなってしまう。枕元の小さな灯りで、黙々と、ミコトは資料を読み進めた。


「マノウから聞き出した娼館の主人の子孫、彼らが百花油を流通させた先と、突然死の発生場所はきれいに重なっている。王宮関係者に百花油をさばいたヤツ以外にも百花油を流通させている連中がいて、全部は追い切れないが……とりえず突然死は『百花油』が原因とみてまず間違いない」

出発から四日で戻ったノトは、ミコトの部屋の長椅子に並んで座ったミコトとハヤトにそう報告した。背後にはミレイ、それに取り澄ました顔のキクナが立っている。身辺が落ち着いたのか、キクナは最近ハヤトと共に現れるようになった。

「そして厄介なことに、突然死は今や百花油を離れ、発症者からその家族へと広がって収拾がつかなくなっている。死者は増える一方だ」

ノトの言葉に、苛立ったようなため息をついてハヤトが長椅子の上で足を組む。被害の拡大に焦りを感じているのだろう。

「人間が多かった時代には、人から人へ感染するヤマイ……ハヤリヤマイというのがあったと祖母から聞いたことがあります」

「ああ、そのことからしても、やはりこの突然死はヤマイだと言えるな」

「あの……まだ理解が追い付かない部分があるのですが、なぜ蟻人だけがその百花油のヤマイで死ぬのでしょうか。触角があれば、ヤマイはすぐに治るはずでは？」

ミレイが疑問を挟む。恩師は右の触角をふるり、と動かしてみせた。

「そう。そこだよ。私は、今回のヤマイは触角こそが原因ではないかと考えている」

「触角こそが原因……ですか」

「うむ。まず、今回の調査でワーカークラスの死者の遺族に、詳しく話を聞くことができた。発症者の身体は異様に膨張するが、どうも最初に膨れるのは触角らしい。それに、死

ぬ直前、皆同じような行動を取っていることが分かった」

「同じような行動？」

「彼らは一様に『触角を引き抜こうとした』らしい。蟻人にとって最も大切な器官である触角を、ね」

「なんと恐ろしい」

ノトの言葉に、ミレイが美しい眉を寄せる。

人間であるミコトは、触角が実際にはどんなものか分からない。けれどそれは手指のように触覚があり、嗅覚や聴覚などすべての知覚を集約して、船の舵《かじ》のように身体全体を司るものらしい。

「そう。気が狂ってしまったとしか思えない。そしてなんと、触角を、片方だけだが本当に引きちぎってしまった者もいた。すると、どうなったと思う？」

授業で生徒の挙手を待つ時のように、ノトが四人の顔を順番に見回す。けれど、答える者はいなかった。

「触角を失くした後は、発汗や体温上昇が少し治まって、身体の膨張もゆっくりになったらしい。彼は今回の発症者の中で最も長い二日間生き延びた。結局は亡くなったけどね」

「それって、もしかして……」

「そう。百花油は触角に作用し、突然死を引き起こすのではないかと考えられる。だから

百年前、蟻人だけがかかり、人間は死ななかった」

「なるほど。やはり突然死は、蟻人のヤマイなんだな」

ハヤトの力のこもった相槌にノトは頷いて、目を細めた。

「まあ、あれを最初に見た者が神の怒りだと考えたのも分かる。何せ見た目が非常に恐ろしい。こういう言い方はあまり好きではないが、あの触覚はまるで放っておいたリンゴがカビて腐《くさ》ったときのようだった」

「カビ……ですか」

「そう。カビたリンゴを放っておくと周りのリンゴもカビていくように、つきっきりで看病したものが皆発症していくところも似ている。問題は治療法だ。触角が原因だからと言って、切り落とすわけにもいかない。そのヤマイの成分だけを、殺してしまえればいいのだが……」

「ヤマイの成分を、殺す……」

ミコトが知っている薬は、ほとんどがヤマイで弱った身体を助けるためのものだ。何かを殺すのは薬ではなくてむしろ毒の働きだ。その上人を殺すのではなくて、人から人へうつるヤマイを殺す薬なんて、まったく思い浮かばない。

答えの出ない暗く沈んだ空気を打ち破ったのは、ミレイの声だった。

「だいたいの話は分かりました。ですが、お二人にはそろそろ儀式に集中して頂きたく思

います。お忘れですか？　この突然死がヤマイであろうがそうでなかろうが、百年前の厄災は女王の神儀によって収まったのですから」

薬草の知識を掘り起こしていたミコトは、確かにと頷く。もっともな彼の言い分に、口を挟んだのはハヤトだった。

「そう、簡単な話でもないと俺には思えるな」

「……どういう意味ですか？」

「いや、今の話を聞いてたら、百年前の事態の収束に、女王の神儀は関係なかったんじゃないかって気がする」

「はい？」

神儀の効果を否定したハヤトに、ミレイが低い声を出す。

「いや、別に女王の力に異議を唱えるつもりはない。ただ、資料によると、このヤマイは発症してから死に至るまでが非常に短い。で、今の話だと、発症者と長時間一緒にいなければ新たな発症者は出ないんだろ？　しかも、死者からはヤマイは広がらない。つまり、このヤマイが流行する力は、とても弱いってことになる」

「その通り。良い気付きだ」

ノトが驚いて、ハヤトを称賛する。ハヤトはノトをちらりと見ただけで、淡々と続けた。

「百年前、政府が娼館を閉鎖したことで百花油は流通しなくなった。昔は今ほど区域間の

人の行き来は盛んじゃなかったから、それ以上百花油は広まらず、ヤマイの流行は自然に収まった。これで説明がつく」

「ハヤト様、神儀が無意味だったなどと」

「ハヤト様はそういうことを仰《おっしゃ》りたいのではありません。ただ、百年前の厄災が収束した経緯を推測していらっしゃるだけです。私にはその推測が正しく思えます」

「キクナ殿……」

今日初めて口を開いたかと思えば主を擁護《ようご》しはじめたキクナに、ミレイが面食らっている。しかしミレイには気の毒だが、ミコトもキクナと同意見だった。

「じゃあ、今すぐ発症者の隔離令と、百花油の使用禁止令を出せば突然死は収束するってこと……？」

ミコトの推察に、ハヤトは肩を竦めた。

「たぶん、な。……隔離令と禁止令が出せれば、の話だけど」

「どういう意味？」

何故か黙ったままの彼の代わりに、ノトが口を開いた。

「女王不在の今、隔離令や禁止令を出すには元老院を説得する必要がある。彼らがこのヤマイのからくりを知った時、何を考えると思うかね？　巷《ちまた》ではすでに、今回の突然死は百年前の厄災と同じだと皆が信じている。この状況で、事態収拾のためと説明して隔離令

と禁止令を出し、ヤマイが収束したら……？」

「百年前の厄災が、女王の神儀によって収まったのではないと、皆が知ることになる……そうなれば女王の威信が揺らぐということですか」

問いかけにミレイが苦々しく答えると、ノトはため息をつきながら首を振った。

「いや、解決を女王候補の手柄にすれば、ミコト君への支持が高まるだろう。ただし……」

「彼らは決して、人間の女王を祀《まつ》り上げようとはしない……」

言葉の先を引き取ったミコトに、そうだね、と苦々しくノトが頷く。

「私が元老院の長なら説明を全部聞いたところでこう考えるだろう。とりあえずヤマイの流行は放置。今の女王選びの儀を失敗に追い込み、次の女王候補に隔離令を出させて、華々しくデビューを飾らせる。で、女王人気にあやかって課税をちょっとばかし強化しよう、とね」

そこで言葉を切ったノトは、ハヤトの方を向いた。

「そういうことだろう？　五宮の王子」

「……いかにも、あのジジイどもが考えそうなことだ」

ハヤトが不機嫌に唸る。ミレイもキクナも反論しないところを見ると、本当に元老院はそういう対応を取りかねない、ということなのだろう。

上に立つものの冷酷さに、背筋がぞっとする。今、こうしている瞬間にも苦しんで死ん

でいく人がいるのに。

「では結局、ミコト様に一日も早く女王に就任して頂いて、女王の権限で隔離令を出すしかないですね。元老院がどう出てこようと」

「それまで、ヤマイの広がりを放置するのか？」

またもや空気が重く澱む。その空気を変えたのは、意外にもキクナだった。

「ミレイ殿、儀式の間の様子はどうなっていますか」

「もう少しで五分咲きというところまで来ています。第三の儀は明日にも行えるでしょう。ですが……」

ミレイが珍しく何かを言い淀む。ハヤトが苛々《いらいら》と先を促した。

「何だ」

「これはあまり良いペースとは言えません。お二人が、この突然死の件に気を取られ過ぎているせいかもしれません。今のままですと、最後の儀は当分先になるかと」

思わず顔を上げると、ハヤトと視線がかち合う。出来の悪さを指摘されているようでばつが悪い。それはハヤトも同じだったようで、互いにすぐ視線を逸らした。

「気を溜めるには、常にお互いのことを想い、時には触れ合って、求め合うことが必要です。民を心配なさる気持ちは分かりますが、今は儀式を優先して頂きたく思います」

大きな原因は自分にある。ミコトはそう直感した。

彼を求めることが怖くて、心にも、身体にも、必死でブレーキをかけている。

もちろん、あの小部屋でのような出来事を再び引き起こさないため、という理由はある。けれど一番は、彼を求めた先にある無を、恐れているからだ。

求め過ぎれば傷つくと分かっている。ハヤトは決して自分に恋をしない。

この自分勝手な恐怖のせいで女王就任が遅れ、ヤマイによる死人が増えてしまうのだとしたら。罪悪感で胸がいっぱいになる。

「期限の間に、気が満ちないということは……あるのですか？」

「そういう記録は、残っていません」

恐る恐るそう尋ねると、ミレイがあっさりと答える。

「すみません。お二人があまりに儀式以外のことに熱心なので忠告させて頂きましたが、それほど心配なさらなくても、第三の儀で十分にお二人の距離が縮まれば……」

「っ」

頬に血がのぼる。今の気持ちのまま、一晩抱き合って眠るなど、耐えられるだろうか。

「なあ、気のことは無理にどうこうできないだろ。振り出しに戻って、このヤマイを治す方法がないのか考える方がいい」

「おお、建設的な提案だね。私も現状ではそれが最善だと思う」

会話にハヤトが割って入ると、ノトもそれに同意する。

「ここはひとつ、薬師の末裔《まつえい》であるミコト君に期待したい。さっきの私の仮説が正しいとしたら、どんな薬草が効きそうかな？」

「すみません。百花油がどんなものか分からないので、何とも……。せめて花があれば、煎じてみて成分を確認したりできるのですが」

「それもそうか。ひとっ走り儀式の間に行って女王の花を摘んでくるってわけには」

「なりません。花はすべて儀式のためのもの。持ち出せば儀式妨害の重罪ですよ」

ぴしゃりと言ったミレイにノトが苦笑する。

「まあ、そうなるよね。じゃあ、他の場所をあたるか。そういえばミコト君、君の故郷の近くでも咲いてる場所があるらしいよ」

「そうなんですか？」

「百年に一度しか咲かないから、知らなくても無理はない。ええと……第五区域のノヤ氷河付近」

ノトが小さな帳面を取りだして確認する。よく知る場所の名を耳にして、ミコトはたまらなく懐かしくなった。

「王都に来てから、一度も帰っていないんだっけ？」

「はい。高校に入るために村を出て……もう六年になります」

この切迫した状況でのどかな故郷のことを思い浮かべると、無性に帰りたくなる。場違

いな弱い気持ちが湧いてきて、目を伏せた。

「そこへ行こう。故郷なら、ミコトに土地勘があるだろ。飛べば半日もかからない」

「ええ？　い、今から？」

突然長椅子から立ち上がったハヤトに、呆気にとられる。

「一刻も早い方がいいだろ。……ちょっと行ってくる」

黒衣を翻してハヤトは部屋を出ていった。キクナは何も言わず、彼に付き従う。その後をミレイが慌てて追おうとした。

「ハヤト様、お待ち下さい！　急には無理です！　大司祭様の許可が必要です！」

「ミレイ君、私は少し、腹が減ったんだが」

だがノトが、のんびりとした声でミレイを引きとめた。

「はい？」

「昼から何も食べていない。ミコト君の体調にも関わるし、ここらで食事をしたいのだが」

「急に、何を……」

「ミコト君、君も腹が減っただろう。な？」

「……分かりました。夕食の確認をしてまいります」

ハヤトを行かせようとするノトの意図は明らかだ。ミレイがあからさまにため息をつく。

後姿がドアの向こうに消えると、ノトはミコトを振り返った。

「あの五宮の王子には感心したよ。遊び回っていてもさすが王候補だな。ああいう若者がまだ王族に残っていたとはね。さすが、女王の予言だ」

「そうですね」

ノトの言葉に、ミコトは自然と頷いていた。彼を遠くから眺めていた頃は、憧れはしても、彼が王にふさわしいなんて思ったこともなかったのに。

「エリート揃いの遠征軍一隊を、入隊一年で任せられたときは王族のおぼっちゃまがと陰口をたたく輩も多かったようだが、今じゃ彼の部隊は遠征軍で一、二の功績を上げるほどらしい。隊員の、彼に対する信頼が篤《あつ》くて団結力が桁違いだとか。彼の部隊は五宮ハヤト親衛隊、なんて言われているんだそうだ。話だけ聞いていた時は、何を大げさなと思っていたが……」

皮肉屋の恩師がここまで手放しに人を褒めるのは珍しい。呆気にとられながら聞いていると、恩師がふと声を落とした。

「彼こそが蟻の王に相応しい。つくづく、惜しいな。蟻の王は、その命をコロニーに捧げる。蟻とはそういう生き物だが……」

「……惜しい？」

恩師が何を言いはじめたのか分からない。眉を寄せると、ノトがきょとんとした。

「そうか、君は知らないんだな。王族の死は一般には公表されないし、ましてや、神儀の

際の死など……」

「……死？　何をおっしゃってるんですか」

不吉な単語に胸がざわめく。

珍しく苦い顔をした恩師は、ううんと唸った。

「……私は隠し事に向かない性質だし、君には知る権利があると思う。だから話すが、ここ数代、女王選びの儀に参加した王候補は悉く命を落としている」

「え……？」

儀式で――王候補が――死ぬ？

咄嗟のことで何を言われたのか、すぐには理解できない。いや、脳が理解を拒んでいる。

「この神儀は身体にすさまじい負荷をかける。王候補は王になると同時に文字通り精根尽き果ててしまうんだ」

王候補は、最後の儀式で、命を落とす。

全身の力が抜けて、ミコトは長椅子の手すりにしがみついた。

信じられない。ハヤトが、死んでしまうなんて。でもノトが嘘を言う理由もない。

「ハヤト、は、そのことを……？」

「知らないはずはない。六歳の頃に女王の予言を受けてからずっと、神儀の歴史を学んできたはずだ」

上手く息ができない。ノトの静かな声が、わんわんと頭の中で反響する。

痛いほど握りしめた指の先が冷たい。

やがてバタンと扉が開く音がした。

「ミコト様、ただ今戻りました。……ハヤト様は？」

「まだだ。もうすぐ戻るだろう」

放心状態のミコトに代わってノトが答えると、優秀な側付はすぐに主の異変に気付いた。

「ミコト様？　どうされました？　顔が真っ白で……」

「手筈《てはず》が整った。ミコト、行くぞ。夜のうちなら、月の光がある」

ミレイが言い終わらないうちにまた扉が開き、ハヤトが入ってくる。

「大司祭の許可が下りたのですか?!」

「まさか。許可なんて取ろうとするだけ無駄だ。塔の見張り番を買収したから、今すぐ発つ。明日の儀式までに戻ってくればいいだろ。ミレイ、お前は残ってキクナと一緒に俺たちの不在を誤魔化《ごまか》してくれ」

「キクナ殿の姿が見えませんが、彼は了承を？」

「あいつは、慣れてるからな」

「……聞かなかったことにしましょう」

ハヤトとミレイの会話が耳を素通りしていく。

「安心しろ。ミコトは俺が必ず無事に連れ帰る。花をひとつふたつ摘むだけだ……ミコト？　どうした？　顔色が……」

何を言っていいか分からない。

ただ視線を逸らすこともできず、穴の開くほどハヤトを見つめてしまう。

ハヤトは眉をひそめた。

「大事を取って、やめておくか。お前が身体を壊したら、元も子もない」

「う……ううん。……行く」

自分が「それ」を知ってしまったというだけで、休んでも何も変わらない。ここで突然死の解決を投げ出すわけにはいかない。

それに今は、何か別のことをしていたかった。

「では、まず夕食を。その後、お召し替えをなさってください。女王候補の正装は目立ちすぎますし、外では寒すぎます。学徒服をお召しになるのがいいかと」


何ひとつ味がしない夕食を終え、ミコトはハヤトと共に王宮東端の塔を登った。

「夕食の間も様子が変だった。お前、本当に大丈夫か？」

「別に、何もないよ。……塔の見張りを買収って？」

「……すぐに、分かる」

ミコトの答えに不満そうに鼻を鳴らしたハヤトは、しかし何も言わずに塔の最上部へと続く石段を上った。

外気は少し、ひんやりとしている。

円錐状の屋根のある円形の塔の屋上には、四方を見渡すためか、東西南北に四人の神兵が配置されていた。

ミコト達が姿を現した途端、神兵は一斉にこちらを見たが、すぐに目を逸らした。

「え？　ハヤト？」

ハヤトは神兵の存在を気にする様子もなく、ずかずかと南側の端まで歩いた。

「早く来い」

言いながらハヤトが黒衣をずらすと、肩甲骨の下から透明な翅がのぞく。月光を受けてきらりと光るそれに目を奪われていると、ぐい、と腕を引かれた。

「しっかり掴まれ。できるだけ俺のマントの中に、隠れるように」

「ええ？」

言うなりハヤトの黒衣に包まれて、きつく胸に抱き寄せられる。心臓がどくんと鳴ったけれど、それを気にする前に、足元がふわりと浮いた。

「あっ」

慌ててハヤトの首にしがみつくと、ぶわり、とハヤトの黒衣が舞い上がり、身体が風になぶられる。ミコトは自分が飛んでいることを知った。怖くてハヤトにかじりつく。

「……おい、少し、苦しい」

言われて、そろそろと腕の力を緩める。ハヤトの腕がしっかりと支えてくれていて、身体は微塵もぐらつかなかった。ほっとして、ようやく辺りを見回す余裕ができる。

風が強いせいだろうか、この距離でもあまり彼の香りを感じない。

おそるおそる足下を見ると、コロニーが広がっていた。

「すごい」

我を忘れて、思わず声を上げる。

眼下を、精密な絵地図のような光景が過ぎていく。このコロニーが、王宮を中心に円形に発展していったことが良く分かる。王宮を囲むように政府関連施設やミコトの通う大学など、大きな建物が並ぶ。けれどそこを少し離れると建物が低くまばらになってゆく。普通の人々が暮らす家々だ。

今は明かりのない窓ひとつひとつにそれぞれの暮らしがあるのだと思うと、なんだか胸が熱くなった。

「まあ、この景色だけはドミナントの特権だな。陽の光が戻れば、もっとよく見える。このコロニーに暮らしてる人々が」

「……ハヤト」

その言葉を聞いた途端に感激は消えて、重苦しい気持ちが胸を満たした。

あと十日のうちに、彼は永遠にこの景色を失う。

「先生から聞いたんだけど、本当なのか。王候補はその……最後の儀式で……」

「……ああ、聞いたのか」

途中で言えなくなってしまった言葉のその先が、あっさりと肯定される。

「聞いたのかって、ハヤト……あっ！」

それ以上の会話を拒むかのように、ハヤトは大きく翅をはばたかせた。

一気に速度が上がって、すさまじい速さで足元の景色が流れていく。

王都を過ぎ、見下ろす大地の道路が細く途切れ途切れになってゆく。

「王宮って、全然寒くないだろ」

しばらく沈黙の中を飛んでいると、唐突にハヤトが呟いた。

「え？」

「外の寒さが嘘みたいに……神話にある『春』みたいに、ずっとあったかい」

ミコトは黙って彼の言葉に耳を傾けた。ハヤトを見上げると、漆黒の瞳はまっすぐに前を見ている。

「遠征で、『外』から採取してきた貴重な燃料は、ほとんどが王宮で使われる。そのほかに

もありとあらゆるものに恵まれて、王族は育つ。温暖な環境、澄んだ空気、綺麗な水、コロニー中から集められた食糧。すべては強い個体を作るためだ。望めば何でも手に入るし、周りの大人たちのほとんどが最初から自分に傅《かしず》いている。そうやって、自分は選ばれたものだということを繰り返し教えられる」

向かい風に、わずかにハヤトが目を細める。

「俺たちは何のために選ばれたのか？　答えは簡単。このコロニーの役に立つためだ。他のすべてのコロニーの民と同じ」

ハヤトがミコトを見下ろした。一瞬合った視線はすぐにそらされて、ハヤトは足元に広がるコロニーを見つめた。コロニーを眺める彼の目はひどく優しい。

彼が、大学ではなく軍を選んだ理由が、今になって分かった気がした。大学に籠もって神のことを考えるより、彼はこのコロニーを見ていたかったのだ。——終わりの予告された短い時間の中で。

この世界を思う彼の気持ちが伝わってきて、胸が締め付けられる。同時に、彼がそんなふうに何かを愛せる人だという事実が、ミコトの心を強く揺さぶった。

校舎から飛び立つ彼を見て、彼ならどこへでも行けると思った。けれどあの時から彼は、自分の行きつく先、残酷な運命を知っていたのだ。それでもなお、彼はこの世界を愛している。

今、あの日の彼を思い出すと、その孤独な背中を抱きしめたくてたまらなくなる。彼が好きだ。

気持ちが溢れだす。もう、誤魔化せない。

報われないことすら、どうでもいい。どうしても、彼が好きだ。

「農民は夜明けとともに畑へ出て、パン職人は粉を引き、神官は神の教えを説く。漁師は湖で魚を取り、樵《きこり》は森から木を切り出し、俺は神にこの身を捧げる」

「っ、ハヤト」

ハヤトは、困ったように笑った。

「……そんな顔すんな」

今自分がどんな顔をしているか分からなくて、ミコトはきゅっと唇を引き結んだ。

「お、俺に、知らせないまま……儀式を、終えるつもりだったのか」

パートナーだって、言ったのに。

いや、そんなこと、敢えて彼が自分に言う必要はなかった。分かっている。むしろ言わないことが彼の優しさだった。

神は何て残酷な仕打ちをするんだろう。こんなにこのコロニーを愛する彼を、コロニーと引き換えに奪おうとするなんて。

迫る運命から彼を守りたくて、思わず抱きつく腕に力を込めてしまう。

いっそこのまま、どこかに飛び去って逃げてほしい。王の使命なんてどうでもいい。ハヤトに生きていてほしい。

彼を失うことに、耐えられない。

ハヤトはコロニーのために運命を受け入れているのに、こんなことを考えている自分は、なんて醜《みにく》いんだろう。

罪悪感に押し潰され口も利けないでいると、抱きしめる腕の力が強くなった。

「っ」

「じっとしてろ。少し、速度を上げる」

ハヤトが前傾姿勢を取った。びょう、と頬を切る風が唸る。体験したことの無い速度に、身体が竦む。ミコトはただ歯を食いしばり、ハヤトの身体にしがみついた。

「ああ……」

その風景が目に飛び込んできた一瞬、何もかもを忘れて懐かしさが胸を満たした。

一面の小麦畑と、その向こうに見える森。点々とある簡素な家々の素朴なたたずまいは、ミコトが王都へ旅立つ前と何も変わっていない。

「この辺で降りるか」

「あ、でも、氷河はもう少し先だけど……」

帰りたい気持ちはあるけれど、今はそんなことをしている場合ではない。

「……村人の中に、花を見たヤツがいないか先に聞いてみた方が良いだろ。行くぞ」

ハヤトがそっけなくそう言って、高度をぐんと下げる。

望みを察して村に寄ろうと言ってくれたのではないかという気がする。ありがとう、と言いたい気持ちを堪えてミコトはハヤトに抱えられ、懐かしい地に降り立った。

「思ったより、賑やかだな」

村の様子を眺めたハヤトが、開口一番に言う。松明を手にした人が大勢行き交っているのが見えて、ミコトは見慣れぬ光景に眉根を寄せた。

「……何か変だ。こんな時間に人が行き交ってるなんて……」

本来なら月が出るほどの時間には、農民は皆床についている。けれど今は、月の出る夜の方が昼と比べて明るい。だからこの時間に農作業をしていると思っていたが、そんな様子もなく、誰もが慌ただしく走り回っている。少し歩くと、教会に多くの村人が集まっているのが見えた。

「一体、何があったんだろう……」

人だかりの真ん中に、司祭と男が立っているのが見える。腕を大きくふり回し、泣き出さんばかりに何かを訴えている男には見覚えがあった。鍛冶師《かじし》のジールだ。

「あれが司祭か。話を聞いてみよう」

　ハヤトが何のためらいもなく、人の輪の中に入っていく。ミコトは慌てて後を追った。

「ミコト！　ミコトじゃないか！　おお、本当に右手に御印が……。お前！　女王候補になったんだよな！　ミコト！　頼む、息子を助けてくれ‼」

　記憶の中より幾分老けたジールは、ミコトに気付くなり右手を取った。人間のミコトを邪険にする村人が多かった中で、このジールとは家族ぐるみで付き合いがあった。いつも優しかった彼の目が今は血走り、涙を浮かべている。

「え？　おじさんの息子って、チハヤ？　チハヤがどうしたの？」

「これは、ミコト……様。何のご用で、村に？」

　顔見知りの司祭が、ミコトを見て恭しく礼をする。この村では身分が一番高く、いつも尊大だった彼からそんな敬意を示されたことに、ミコトは面食らった。

「し、司祭様、これは何の騒ぎですか？」

　ジールに手を取られたまま聞くと、司祭は神経質そうに細い眉を顰めて言った。

「チハヤが倒れたのです。おそらく王都でも流行していると聞く、突然死かと」

「突然死⁈」

「ええ。昨日隣町まで花を売りに行ってから様子がおかしくなりました。ひどく暴れるので、納屋に隔離しています。祈りを捧げていますが、もう……」

「花……」

十中八九、女王の花のヤマイだ。この辺境の地にまで広がっていたとは。背後に立つハヤトを振り返ると、頷き返される。ハヤトも同じことを考えているのだろう。

「なあ、頼む。チハヤを救えるのは神さましかおらん。お前に頼むしかない。この司祭は匙《さじ》をなげよった。あの子はもう、助からんて……ッ」

「ミコト、私からもお願いだよ。あの子のために祈ってやっておくれ。女王候補が願いを捧げればきっと、神さまは聞いて下さる。頼むよ。このままじゃあの子はあと一日ともたない。ミコト、後生だから」

「おばさん」

ジールの後ろから、良く似た背格好の彼の妻にも懇願《こんがん》されて、ミコトは困惑した。

「そんな、無理だ。俺にはまだ何の力もないし……」

あれはヤマイで、治療法が見つかっていない。それにまだ女王でもないから、祈りではどうにもならない。

「頼む。この通りだ！」

ばっとミコトの手を離したジールが、今度は地面に膝をつき、額を擦りつけんばかりに頭を下げる。それを見た彼の妻も同じようにミコトに額《ぬか》ずいた。

どうしよう。助けてあげたいけれど、何の手立てもない。

「ミコト」

その時、そっと肩に手を置かれて、ミコトは振り向いた。ハヤトがそっと囁く。

「このままでは、この男は納得しない。……様子だけでも、見てやったらどうだ。それだけでもきっと慰めになる。治療法を考える役にも立つだろ」

その言葉にはっとする。診もしないで患者を放り出してはいけない、という祖母から教わった薬師の教訓が、頭を過る。

女王候補ではなくて、薬師の血を引く者として。諦めるにはまだ早いかもしれない。

ハヤトを見て、うんと頷く。

「おじさん、チハヤのところに案内してもらえる？」

「おお、祈ってくれるか、ミコト！」

ジールが目を輝かせる。その期待に圧倒されながらも、ミコトははっきりと言った。

「俺はまだ女王じゃないから、特別な力はない。けど、できる限りのことをしてみるよ」


「……どうすれば……」

ハヤトと共に納屋から戻ったミコトは、教会のベンチに座り込んで唸った。

入り口からそっと窺い見たチハヤの様子は、それは恐ろしいものだった。

まだ身体はそれほど膨れていなかったが、暴れないように柱にくくりつけられ、苦しみながらのたうつさまは、あまりに痛々しくて長い時間見ていられなかった。

ノトに聞いた通り、触角は普段の倍以上に腫れ上がり、茶と緑の混じったような液体が滲んでぬらぬらと光っていた。

「……何か、気付いたことはあるか？」

立ったままこちらの様子を見守っているハヤトの表情も、ひどく険しい。書物で読むのと、実物を見るのではやはり衝撃が違う。ハヤトの問いに、答えるのは辛かった。

「思いつかない。何も……」

あれは普通のヤマイではない。熱が出て、身体が衰弱しているようではあるけれど、風邪や食あたりとも、これまで文献で調べた内臓のヤマイや、血管のヤマイなどとも違う。自分なりに努力したつもりが、まったく役に立たないのが悔しかった。

「あまり思いつめるな。……年が近そうだったな。仲が良かったのか？」

気を紛らわそうとしてくれているのか、ハヤトが他愛もないことを聞く。

促されるまま、ミコトはチハヤとの思い出を辿った。

「村を離れる時、チハヤはまだ小さな子供だった。生意気で口が悪くて、俺のことをいつもからかって……」

王都を発つ前夜にも会った。ミコトの旅立ちを祝う宴に両親とやってきて、干乳を食べ

過ぎてお腹を壊していた。無邪気なチハヤ。

こんな時だというのに、無性に干乳が食べたくなる。ヒカリゴケを使う、この村ならではの味。作るのに随分手間はかかるけれど――。

――こうして、ヒカリゴケを麦殻と一緒に水に浸ける

――よし。うまく分離したね。こっちの水は捨てるんだ。カラ水だからね

気持ちが弱っているからか、祖母の声を思い出す。

その時ふとミコトの頭の中で、ここへ来る前に聞いたノトの言葉と、干乳を作る祖母の声が重なった。

――カラ水は、命を殺してしまう水なんだよ、ミコト

――カビはリンゴを殺すけれど、この水はカビさえ殺してしまう。不思議な水だ

――何か別の生きものに寄生されたかのよう……放っておいたリンゴがカビて……

――そのヤマイの成分だけを、殺してしまえればいいのだが……

ミコトは知らず、掌を握りしめていた。

これは、馬鹿げた思い付きだろうか。

カラ水を、触角に与えるなんて。

「ヤマイを殺す……ヤマイだけを……カラ水を、たくさん作って……」

「どうした？」

突然呟きはじめたミコトに、ハヤトが怪訝な目をする。ミコトは構わず捲《まく》し立てた。

「カラ水っていうんだ。元はカビからできたものなんだけど、カビをも殺す、命を空にしてしまう水なんだ。あれ、あの水をあの触覚に与えたら、もしかしたらっ」

「落ち着け。何か思いついたんだな？　俺に手伝えることはあるか？」

興奮したミコトを宥めるように、ゆっくりとハヤトが問いかけてくる。

「カラ水なら、あのヤマイを何とかできるかもしれない。まず、ヒカリゴケを集める。この辺の家ならきっと、次の満月の祝祭に備えていくらか溜めこんでるはず。それと麦殻。どっちも、多ければ多いほどいい」

ハヤトは詳しい説明を求めることをせず、頷いた。

「分かった。声をかけて、手分けして集めよう。あとは？」

「水がいる。教会の水場を貸してもらってカラ水を作る。あとはこの辺の草を摘んで、いくつか薬を煎じる。いつも、俺が使っているやつを」

薬師の血が騒ぎはじめる。

カラ水でヤマイを殺すことができたとしても、弱り切った触覚が耐えられるか分からな

い。それ以上はもう、これまでの経験で対応するしかないだろう。熱を下げる薬。消耗した身体に栄養を与える薬。持てる知識を総動員する。

「……治せると思うのか？」

「どうなるか、分からない。でも、何もしないでチハヤを死なせたくない」

ミコトは、震える手で胸元のペンダントを握りしめた。

お願い、ばあちゃん。力を貸して。

「おい！　力を貸してくれ。ヒカリゴケと、麦殻を集める。できるだけたくさん、教会に持って来てくれ」

ハヤトが辺りに響き渡る大声で周囲に呼びかける。

「何をはじめる気だ？」

「ヒカリゴケを祈祷に使うのか？」

「分からないが、司祭の話じゃあの男は五宮の嫡男様らしい。次の王様になるお方だとか」

「おお、それは。すぐに麦殻を運んで来にゃならん」

ハヤトの呼びかけに集まっていた村人たちがざわめいて、徐々に彼の指示に従い出す。

「麦殻もヒカリゴケも、教会の水場に運んでくれ！　手の空いている者は、井戸から水を汲んでほしい。すぐにだ！」

てきぱきと指示を出したハヤトは、村人たちが動きはじめたのを見てミコトを振り向い

た。

「草を摘むんだったな。行くぞ」

切れ長の黒い双眸が、きらきらと輝いている。ハヤトとなら。この困難も乗り越えられる気がする。勇気が湧き上がり、ミコトはひらめく黒衣の後ろを追った。


ハヤトにも手伝ってもらい、大量のヒカリゴケからカラ水を作り終えると、月はとうに沈み、真っ暗な朝を迎えていた。一睡もしていないけれど、チハヤを助けられるかもしれないという興奮で、妙に目が冴えている。

「ハヤトはここで待ってて」

「本当に大丈夫なのか?」

呻き声の漏れる納屋の前で、ハヤトはどこか怒ったように眉を寄せた。彼のこの表情は、心配してくれているのだろうと、今は分かる。

「大丈夫……っ」

そう言って桶を持ち上げようとした途端、くらりと目眩がする。自分で思っていたより、無理をしていたらしい。ハヤトに気付かれなかっただろうか、と何でもないふりでもう一度桶を持ち上げようとすると、横から伸びてきた手に桶を奪われた。

「俺が行くから、お前は休んでろ」

「蟻人の君に、そんなことさせられない。……大丈夫、俺が行く。俺は人間だから、ヤマイをもらうことはない。儀式はちゃんと、続けるから」

「……あいつが暴れたら危ないし、ドミナントの身体は普通の蟻人より強い」

ハヤトは反論する暇を与えず桶を持ち上げ、納屋の粗末な戸を開けた。

「チハヤ……」

ハヤトに続いて小屋へ入ると、むっと汗と藁《わら》の臭いがする。中央の柱に両手首をくくりつけられたチハヤが顔を上げた。

「お前……う、み、コト……？」

村を出る前に会ったきりだが、覚えていたらしい。侵入者がミコトだと分かると、彼はすぐに喚き散らした。

「出てけ……っ、人間が、人間のせいで、俺は死ぬんだ。お前が女王候補なんかになったせいで神が怒って呪いをかけたってッ、みんな、噂してッ、ゴホッ」

膨れ上がった触角には掻き毟った跡があり、周りの髪の毛はぼさぼさだ。肌という肌から汗をだらだらと垂れ流し、血走った瞳は熱に潤んでいた。異様な空気からミコトを守るようにハヤトが腕を広げる。ミコトはそっとその手を押し留め、彼の前へ出た。

「俺が話す。ハヤトはできるだけ離れていて。……チハヤ、落ち着いて」

語りかけながら近づくと、チハヤが拒むようにこちらを睨んだ。

「何だよ、俺を殺す気か、お、俺がさんざんお前をいじめたから……ッ」

「違う、チハヤ」

乱れた髪が哀れで、思わず手を伸ばす。するとチハヤが嫌がって頭をぶんぶんと振った。

「触るなっ‼　もう助からない‼　司祭も俺を見捨てやがった‼　俺のこと嫌ってるお前になんか」

「嫌いじゃない！」

ミコトは思わず、声を張り上げた。これまで言い返したことのなかったミコトに大人しい印象を持っていたのだろう、チハヤが目を見開く。

「嫌ってなんかない、チハヤ。皆大きくなるにつれ、人間の俺を無視するようになるけど、君はずっと声をかけてくれた。そりゃ、たまには腹も立ったけど、俺は君が好きだ」

血走った目が、じっとミコトを見る。ミコトは諭すように語りかけた。

「君の力になりたい。助けられるかは分からないけど……俺にできる限りのことをしたいんだ」

ハヤトがじっと、後ろで見守ってくれているのが分かる。それだけで安心して、ちゃんとチハヤに言いたいことを言えた。荒い息をつきながら、チハヤが目を伏せる。

「なっん、だよ。クスシがどうとかってヤツか。お前、いっつも草ばっかり摘んでたもん

な……っく」

　そう言ったきり、ミコトの方を見ようとしない。けれどどうやら抵抗する気はなくなったようだ。様子を見ていたハヤトに、カラ水を溜めた桶を差し出された。

「多分、最初は痛かったり、変な感じがしたりすると思うんだけど……」

　そう声をかけながら、ミコトはカラ水に浸した布で、彼の触角を包んだ。

「ッ?!」

「痛っ、なんだよ……ッ、な、に、する……ッ」

　成分が浸みこむようにぎゅっと握ると、チハヤがじたばたと暴れる。蹴られる、と思った瞬間、ハヤトにぎゅっと抱きこまれた。ドスッと、鈍い音が響く。

「っ、ハヤト？　大丈夫？」

「何ともない。……続けられるか？」

　彼の黒衣にくっきりと足跡がついている。ミコトが頷くとハヤトは身体を引き、チハヤの足を押さえた。

「暴れないで、チハヤ。君を治したいんだ」

　布を握ってもう一度彼に近づく。布をカラ水に浸し直して触角を包むと、チハヤはやはり暴れようとしたが、ハヤトに足を押さえられていて身じろぐことしかできない。

　触覚を握ったままどのくらい時間が経ったのか、やがてチハヤが大人しくなった。

「大丈夫？　変な感覚はない？」

「……大丈夫だ。何か、さっきまで触角をむしりたいような気がしてたけど、だんだん……大丈夫だ」

　さっきまでと違って、チハヤがはっきりした言葉を話す。ミコトはそれに勇気づけられて、三度、四度と布に浸したカラ水を触角に浸みこませた。

　握るたび、膨れた触角からどろどろとした液体が噴出し、代わりのようにカラ水を吸い込んでいく。ただの水を汲んだ桶で汚れた布を洗っては、カラ水の桶に浸して触角を包む。それを繰り返してカラ水の桶が空になる頃、触角は半分ほどにまで萎んでいた。

　正常な大きさに戻るまで続けた方が良いだろうと、尚も触角にカラ水を与えていると、落ち着きを取り戻していたチハヤの呼吸が、再び早くなった。

「はっ、あっ、はっ」

　手の中の触角が、びくん、びくん、と何度も震える。

「チ、チハヤ？」

「アアああアアああ、あつ、あついいいいいいっ」

　そう叫ぶと、チハヤががくりと首を折る。

　慌てて呼吸を確かめて、ほっとする。気を失っただけのようだ。

「……どうなったんだ？　これは……」

「分からない。もう少し、様子を見ないと」

失敗か。成功か。今こそ、神に祈るしかない。

ミコトは綺麗な布で彼の汗にまみれた身体を拭おうとした。

けれどもう、手が震えて上手く動かない。一睡もしていない身体がここで限界にきたようだった。すぐにそれを察したハヤトがミコトの手から布を奪う。

「俺がやるから、少し休んでろ」

ハヤトはてきぱきとチハヤの身体を清め終えると、彼の手首の拘束を解く。小屋の壁に身体をもたせ掛けて見守るミコトの前で、ハヤトは奥に積まれた藁を床に敷き、そこへチハヤの身体を横たえた。

「俺が看てる。寝ていいぞ」

「あり、がと……少しだけ……」

チハヤの横に控えたまま、顔だけ振り向かせてハヤトが言う。ミコトは微かに頷いて、意識を手放した。


「ハッ、ア、ハア、…………俺……どうなったんだ……？」

チハヤの声に、ミコトは跳ね起きた。、意識を取り戻したチハヤが、あたりをきょろ

きょろと見ている。

「助かったのか、お、俺……」

「まだ分からない」

身体を起こそうとして、まだ力が入らないのか、チハヤが再び藁の上に倒れ込む。

そばに寄って熱を確かめると、まだ高い。煎じておいた薬の準備をはじめると、ハヤトがチハヤを支えて上半身を起こし、背中側に藁を積んで凭《もた》れられるようにしてやった。

「次は、これを飲んで。熱さましと、滋養《じよう》の実。きっと、良く効くから」

「見たことあるな。これ、お前が、良く、飲んでた……」

チハヤが大人しく、薬を飲み下す。

「すごく楽だ……すげえな、お前……」

薬の効果で、彼の瞳が茫洋《ぼうよう》としはじめる。このまま休ませてやりたいが、もう時間がない。王宮に戻る前に、どうしても聞いておきたいことがあった。

「……チハヤ、隣町で何があったの？」

「……噂を聞いたんだ。珍しい白い花、高く、買うやつ、いるって……。金持ち、が、買う、とんでもなく気持ちの良くなる薬、に、なるって」

「誰に花を売った？　そいつら、何をしてた？」

「誰かは知らねえよ。隣町の大きな宿屋……裏で、みんな布で口、覆って、顔も分かんね

え……。大きな釜《かま》で、花を、煮てた……」

　チハヤが途切れ途切れながらも必死に喋る。

「入り口のやつに花を渡したら……今は金が足りねぇ、って言って……か、金じゃなくて
その薬の入った小瓶を寄越した……酒みたいなもんだと思って、の、飲んだらすぐに、こ
の、ザマで……」

「チハヤ」

「や……やっぱり、アレのせい、なのか……馬鹿だな、俺も……」

　もとより花の油は、飲むものではない。急激な発症は、そのためだろう。

「釜で、花を煮てた？」

「そうだ……俺が、摘んでった、花、も、そのまま、すぐ、釜に……」

　呟くチハヤの声が掠《かす》れていく。限界と判断したハヤトが、素早く藁を元の形に整えて、
チハヤを横たわらせる。

　やがて規則正しい寝息が立つまで、ミコトはじっと彼を見守った。


「なあ、どうなった。声が聞こえなくなったが、あの子は……！」

　ミコトが小屋の外に出ると、待ち構えていたジールと、その妻が駆け寄ってくる。

「ひとまず、熱は引いたよ。今はよく眠ってる。しばらくは誰も近づけないで」

自分でも半信半疑だ。けれど多分、彼を治すことができたと思う。

ミコトの言葉に、チハヤの母親は地面に頽《くずお》れた。

「ああ、おお、神よ……」

「まさか……信じられない……」

「ミコトが……奇跡を起こしよった……‼」

集っていた人々が、次々に驚きの声を上げる。

「おじさん、チハヤが隣町に売りに行った花ってまだあるかな？」

改めて聞くと、妻を助け起こしていたジールは腕の中の彼女に尋ねた。

「あ？　ああ、おいお前、チハヤからあの白い花、売りに行く前に貰ってたよな」

「え？　ええ、貰いましたよ。珍しい花だからって、一輪だけ」

「おばさん！　それ、俺にもらえないかな……？」

「あれが欲しいのかい？　分かった。すぐに取ってくる。あんたが欲しがるものなら何でもやるよ。何せ、あんたはあの子を治してくれたんだからね！」

家へと駆け出すジールの妻の背中を見ながら、ミコトはハヤトに声をかけた。

「手を清めよう。ハヤト、君は念のため、触角も」

「ああ」

「…泡沫の恋」
イラスト／yoco
●楠田雅紀
「棘だらけの求愛」
イラスト／たらつみジョン
「優しい鬼の封じ方」
イラスト／北沢きょう
「ダメ犬の生存戦略
～家族になろうよ～」
イラスト／駒城ミチヲ
●くもはばき
「ガンダーラにはまだ遠く」
イラスト／たらつみジョン
●月東湊
「先生、それでも愛してる。」
イラスト／北沢きょう
「鳥の国の花嫁」
イラスト／御園えりい
●小塚佳哉
「熱砂の王1～2」
イラスト／緒田涼歌
「赤い砂塵の彼方」
イラスト／緒田涼歌
「裏切者」
イラスト／サマミヤアカザ
●小鳥屋りと子
「びんぼう草の君」
イラスト／カゼキショウ
「可愛いお風呂屋さん」
イラスト／八千代ハル
●さくら芽留
「馬鹿と嘘と恋」
イラスト／陵クミコ
「ないしょの魔法使い」
イラスト／北沢きょう
「主人様とマゾヒスト」
イラスト／亜樹良のりかず
●佐田三季
「クライ、くらい夜の終わりに」
イラスト／麻生 海
「彼は死者の声を聞く」
イラスト／梨とりこ
「あの日、校舎の階段で」
イラスト／麻生ミツ晃
「ボーダー」
イラスト／yoco
「つみびとの花」
イラスト／上田規代
●さとむら緑
「お前の胸に訊いてみろ」
イラスト／みずかねりょう
「きみは藍色の夜に生まれた」
イラスト／サマミヤアカザ
「持たざる者、その名は童貞」
イラスト／桜井りょう
「魔法のない国の王子」
イラスト／円陣闇丸
「いちご牛乳純情奇譚」
イラスト／テクノサマタ
「月夜ぎんいろ山犬異聞」
イラスト／梨とりこ
●佐野裕貴
「東京純情コンバース［上］［下］」
イラスト／amco
「抜群で行こう！［上］［下］」
イラスト／amco
●千地イチ
「さいはての庭」
イラスト／伊東七つ生
「初恋インストール」
イラスト／itz
「不機嫌なシンデレラ」
イラスト／小椋ムク
●高尾理一
「下僕の恋」
イラスト／葛西リカコ
「お侍、拾いました。」
イラスト／亜樹良のりかず
「ファミリー・バイブル」
イラスト／小椋ムク

イラスト／…井さき
「…イルド・ワイルド・ウエスト」
イラスト／雪舟薫
「野蛮人の求愛」
イラスト／三谷
●高遠琉加
「ここは限界ハウス」
イラスト／三尾じゅん太
●手嶋サカリ
「僕の、なれない君」
イラスト／御景椿
「藍より昏く秘めやかに」
イラスト／amco
「プライベートバンカー」
イラスト／小椋ムク
●凪良ゆう
「散る散る、満ちる」
イラスト／海老原由里
「まばたきを三回」
イラスト／円陣闇丸
「あいのはなし」
イラスト／小椋ムク
「ショートケーキの苺にはさわらないで」
イラスト／草間さかえ
「愛しのニコール」
イラスト／yoco
「2119 9 29」
イラスト／草間さかえ
●名倉和希
「愛に目覚めてこうなった」
イラスト／伊東七つ生
「殴らないでください」
イラスト／みずかねりょう
「愛の狩人」
イラスト／北沢きょう
「愛の子羊」
イラスト／北沢きょう
「恋の病が重すぎて」
イラスト／篁ふみ
「恋をするにもほどがある」
イラスト／桜城やや
●夏生タミコ
「箱庭のチェリー」
イラスト／みずかねりょう
「あの夏の夜、恋をしていた。」
イラスト／yoco
「ためらいといたずら」
イラスト／ひなこ
●夏乃穂足
「ブルームーン、ブルー」
イラスト／北沢きょう
「終わることのない悲しみを」
イラスト／三枝シマ
「茜色デイズ」
イラスト／本間アキラ
「くろねこのなみだ」
イラスト／六芦かえで
「君の瞳のデイジー」
イラスト／御園えりい
「グッバイ、マイドッグ」
イラスト／上田規代
●成瀬かの
「若と馬鹿犬」
イラスト／海老原由里
「砂の国の鳥籠」
イラスト／三枝シマ
「愛がない」
イラスト／三尾じゅん太
「俺はくまちゃん」
イラスト／友江ふみ
「さよなら」
イラスト／小椋ムク
「獣の理Ⅰ～Ⅱ」
イラスト／円陣闇丸
「残念な情熱」
イラスト／雨澄ノカ
「死にたがりの吸血鬼」
イラスト／街子マドカ
●西野 花
「感じやすい傷痕」
イラスト／かなえ杏
「花は陽に向かう」
イラスト／門地かおり

●白露にしき
「変態いとこは黒ヒョウに夢中」
イラスト／サマミヤアカザ
「憑いていきます」
イラスト／篁ふみ
「きれいな俺が好きですか？」
イラスト／北沢きょう
「も送れば恋に落ちる」
イラスト／石田 要
●鳩かなこ
「愛に溺れるバンビーノ」
イラスト／Ciel
●鳩村衣杏
「眠れる森の弟」
イラスト／みずかねりょう
「ヘンゼルと魔王の家」
イラスト／海老原由里
「白雪姫の目覚め」
イラスト／南田チュン
「狼さんは、ふかふか？」
イラスト／宝井さき
「恋という字はどう書くの」
イラスト／亜樹良のりかず
「僕はあなたに飼われたい」
イラスト／陵クミコ
「禁足～人魚姫の復讐～」
イラスト／兼守美行
「記憶にない恋」
イラスト／八千代ハル
●火崎 勇
「ただ一人の男1～5」
イラスト／亜樹良のりかず
「恋愛ビースト」
イラスト／宝井さき
「花喰いの獣1～2」
イラスト／亜樹良のりかず
「階段を下りたラプンツェル」
イラスト／ハコモチ
「背中で恋を語るな」
イラスト／砂河深紅
「見つめ合って恋を語れ」
イラスト／砂河深紅
「贅沢な恋のアヤマチ」
イラスト／user
「屋根裏の猫」
イラスト／海老原由里
「慈しむ獣 愛す男」
イラスト／兼守美行
「俺様人魚姫」
イラスト／れの子
「不可思議よりも愛でしょう！」
イラスト／あじみね朔生
「アナタの見ている向こう側」
イラスト／松尾マアタ
「愛の才能」
イラスト／陵クミコ
●ひのもとうみ
「遠くにいる人」
イラスト／松尾マアタ
「それが愛だとするならば」
イラスト／小椋ムク
「ソネット」
イラスト／金ひかる
「隣りにいる人」
イラスト／松尾マアタ
「青くて、甘い」
イラスト／金ひかる
「嘘とホープ」
イラスト／御景椿
●妃川 螢
「恋じゃなくなる日」
イラスト／緒田涼歌
「雪のマーメイド」
イラスト／みろくことこ
●本庄咲貴
「狐狼の褥」
イラスト／亜樹良のりかず
●真崎ひかる
「過激で不埒な課外授業」
イラスト／六芦かえで
「カモフラージュ」
イラスト／上田規代
「しっぽが好き？～夢見る子猫～」
イラスト／小椋ムク
「寡黙な野獣のメインディッシュ」
イラスト／三尾じゅん太

「しっぽだけ好き？～恋する仔猫～」

イラスト／小椋ムク
●松岡なつき
「銀の眠り、金の目醒め」
イラスト／みずかねりょう
●水杜サトル
「月夜に眠る恋の花」
イラスト／御園えりい
「キスの誘惑　蕩ける身体」
イラスト／御景 椿
「王は花冠で求愛する」
イラスト／北沢きょう
●水白ゆも
「にわか雨の声」
イラスト／篁ふみ
「ツキミノル」
イラスト／れの子
「王と緋の獣人」
イラスト／円陣闇丸
「さよならピリオド」
イラスト／itz
●宮緒 葵
「地獄の果てまで追いかける」
イラスト／葛西リカコ
●本宮榎南
「狸といっしょ」
イラスト／三尾じゅん太
「鼬といっしょ」
イラスト／三尾じゅん太
●結城一美
「S.S.SP」
イラスト／亜樹良のりかず
「エゴイスティックな相棒」
イラスト／麻生ミツ晃
「SP DOG」
イラスト／亜樹良のりかず
「鷹の褥でねむる龍」
イラスト／亜樹良のりかず
「麻薬のような男」
イラスト／海老原由里
「法廷外恋愛闘争」
イラスト／みずかねりょう
●夕映月子
「午後9時からは[illegible]」
イラスト／[illegible]
●弓月あや
「侯爵の花嫁」
イラスト／緒田涼歌
「運命の花嫁」
イラスト／緒田涼歌
「甘い微熱」
イラスト／緒田涼歌
「三日月姫の婚姻」
イラスト／笠井あゆみ
「はつ戀」
イラスト／Ciel
●義月粧子
「からまる嘘と誤解」
イラスト／Ciel
「駆け引きはバーにて」
イラスト／サマミヤアカザ
「仕事とエロと、ときどき感傷」
イラスト／御景 椿
「やばいキスほどいい」
イラスト／秋山
「逃げ惑う従順な獲物」
イラスト／桂小町
「さかしまな恋」
イラスト／Ciel
「傲慢上司と生意気部下」
イラスト／れの子
●李丘那岐
「恋を教えて」
イラスト／せら
「ご主人様と庭師」
イラスト／麻生ミツ晃
「ディア・マイ・コンシェルジュ」
イラスト／松尾マアタ
「光の竜は闇を抱く」
イラスト／笠井あゆみ
「百ヘクタールの愛をきみに」
イラスト／篁ふみ
「獅子王子と運命の百合」
イラスト／北沢きょう

ショコラコミックス 好評発売中!!

「エンドランド」
まりぱか

ショコラコミックス 6月下旬発売

「汝、隣人に恋せよ」
しかくいはこ

ショコラ文庫 既刊好評発売中!

●藍生 有
「王子たちの蜜宴」 イラスト／麻生ミツ晃

●秋山みち花
「皇帝の婚礼」 イラスト／佐々成美
「見習い騎士と暴君な金獅子」 イラスト／六芦かえで

●浅見茉莉
「星模様恋模様」 イラスト／山田シロ
「子どもには秘密。」 イラスト／街子マドカ
「誓約の傷」 イラスト／周防佑未
「暴君に降伏せよ」 イラスト／あじみね朔生
「偏愛シンメトリー」 イラスト／Ciel
「猫とパン屋といじっぱり」 イラスト／上田規代

●あすか
「初恋の奴隷」 イラスト／みずかねりょう
「ヤクザな俺に猫耳が生えた結果」 イラスト／亜樹良のりかず
「桃色砂漠」 イラスト／三尾じゅん太
「砂漠の男神子」 イラスト／香林セージ

●天瀬いつか
「アネモネと嘘」 イラスト／ビリー・バリバリー

●綾ちはる
「イエスタデイをかぞえて」 イラスト／黒沢要
「あなたに恋はしたくない」 イラスト／北沢きょう
「彼の愛した翠色」 イラスト／松岡なお
[illegible]な子共部屋に眠る」 イラスト／御園えりい
「神様の庭で廻る」 イラスト／カゼキショウ
「月の檻のフーゴ」 イラスト／真青
「Gift」 イラスト／小椋ムク
「猫の笑う、幸せの棲家」 イラスト／みずかねりょう
「サンドリヨンの指輪」 イラスト／yoco
「ハロー、マイアリス」 イラスト／陵クミコ

●淡路 水
「ろくでなし男の躾け方 ～美人刑事神渡環希の憂鬱～」 イラスト／巡

●安西リカ
「あなたが教えてくれた色」 イラスト／梨とりこ

●五百香ノエル
「天国までもうすぐ」 イラスト／藤たまき
「優・等・生」 イラスト／六芦かえで

●いとう由貴
「月と砂漠の眠る夜」 イラスト／せら
「砂漠の月に抱かれて」 イラスト／せら
「砂漠に咲く花」 イラスト／せら
「砂漠に舞う蝶」 イラスト／せら
「砂漠の真珠」 イラスト／せら
「砂漠の夜に見える月」 イラスト／せら
「禁断の罪の果実」 イラスト／みずかねりょう
「偽りのゲーム」 イラスト／北沢きょう
「キスと野獣」 イラスト／緒田涼歌
「禁じられた恋人」 イラスト／石田要
「うたかたの月」 イラスト／みずかねりょう
「双樹煉獄」 イラスト／サマミヤアカザ

●犬居のすけ
「潔癖わんこのしつけ方」 イラスト／北沢きょう
「寡黙なシュガーラブ」 イラスト／上田規代

●犬飼のの
「猫の王国」 イラスト／yoco

●今城けい
「奇縁愛艶宿縁の」 イラスト／みずかねりょう

●尾上セイラ
「海辺のライムソーダ」 イラスト／みずかねりょう
「千の夜とジンの鍵」 イラスト／小椋ムク
「王子と野ばら」 イラスト／サマミヤアカザ
「酒は愚を釣る色を釣る」 イラスト／まりぱか

●鹿嶋アクタ
「振ってやるから、俺が好きだって白状しろ!」 イラスト／桜城やや
「魔王様、弱くてニューゲーム」 イラスト／亜樹良のりかず
「淫魔にもできる簡単なお仕事です」 イラスト／亜樹良のりかず
「傭兵メイドのMIP」 イラスト／ヒノアキミツ
「傲慢皇子と叛逆の花嫁」 イラスト／石田 要

●一咲
「ファミリー・レポート」 イラスト／ひなこ
「いとしき伴星の名を述べよ」 イラスト／苔谷赤
「ファミリー・レポート 2」 イラスト／ひなこ

ショコラ文庫最新刊!

5月のラインナップ

「エッチのうまいイケメンがなぜ俺を口説くのかわからない」
義月粧子 イラスト／北沢きょう

建築エンジニアの佐伯は仕事相手の緒方にアプローチされ身体の関係を持ってしまうが…。

「蟻の婚礼」
手嶋サカリ イラスト／Ciel

《人間》でありながら次期女王の御印が現れたミコトは、王候補のハヤトと共に儀式に臨むが…。

2018年6月のラインナップ {ショコラ文庫6月8日発売予定}

「王子様と鈍感な花の初恋」
名倉和希 イラスト／ひゅら

「花宿人」
水白ゆも イラスト／みずかねりょう

「白百合王の調教(仮)」
西野花 イラスト／石田要

小さな通風孔から小屋の中を覗き込む村人を横目に、ミコトとハヤトは納屋のそばの井戸で水をくみ、手や腕、そして触覚を清めた。

ほどなくして戻ってきたジールの妻から白い花を受け取る。

花を手に入れられて安堵したのも束の間、森の向こうに月が昇りはじめるのが見えた。

「ハヤト、どうしよう。もう夜になってしまう。早く戻らないと、儀式が……」

「……今夜はここに泊まろう。今のお前の体力じゃ、長時間の飛行に耐えられないだろう」

「でも」

「大丈夫だ」

ハヤトには何か考えがあるようだ。それが何かを尋ねる前に、誰かから声をかけられた。

「ミコト？　ミコトなんだね？」

「……母さん」

この騒ぎを聞きつけてきたのだろうか。村を出て以来、六年ぶりの再会だ。

少し小さくなった気のする母に、ミコトは駆け寄った。ぎゅっと抱きつくと、懐かしい匂いがする。

「女王候補になったって、王宮から伝達が来た。村の教会でもそんな話があったけど、どうにも信じられなくて……。本当なんだね」

「……うん」

しばらく、抱き合ったまま無言で互いの存在を確かめ合う。

身体を離すと、母は少し涙ぐんでいた。

「チハヤを治したなんて、女王候補ってのは、本当にすごいねぇ……」

「神の力は関係ありません。ミコトさんが自身の知識と知恵で治したんです」

しみじみと言う母に、背後から低い声が聞こえた。

「えっと、チハヤ、こちらは？」

突然話しかけられて、母が困惑する。ミコトは慌ててハヤトを母に紹介した。

「五宮ハヤト。ええと、彼はその……次の王になる人なんだ」

「まああ、あなたが。み、ミコトをどうかよろしくお願いします」

王族など見たことのない母が、驚いてぺこぺこと頭を下げる。

「お目にかかれて光栄です、お母様」

腰を折る丁寧なお辞儀をするハヤトに、ミコトは驚いた。彼が母のことをお母様、と呼ぶのも妙にくすぐったい。一人どぎまぎしていると、母が何かに気付いて声を上げた。

「おや、その花、ハヤトさんにもらったのかい？　それ、薬師の花じゃないかね」

「え？」

母が指さしたのは、ミコトが手にしていた女王の花だった。

「ほら、この二枚に分かれた花びらと透明な花芯。昔母さんに薬師の花だなんて教わった

けど、実物を見たのは初めてだね」
「ばあちゃんから？　薬師の花？　……女王の花じゃなくて？」
「いや、薬師の花だ。人間を生かすとてもいい薬ができる花と聞いたよ。とっても滋養があるのだとか。滅多に咲かないから、出会えた薬師は幸運だとも言ってたね。ほら、伝承にあるだろう。百の花を褥に敷きつめ、百の器を満たさん、だけど」
「薬師の銘なら、百の花を集め、百の器を満たさん……とかなんとか。あの花さ」
今度こそ聞き間違えかと思い、思わず薬師の銘の入った胸元のペンダントを掴む。
「その銘の、元になったとかって話じゃなかったかね。まあ、私はあんたほど熱心に母さんの話を聞かなかったから……」
「母さん、思い出して。その、花の伝承を」
「ええ？　どうした、そんな必死な顔して。ええとね」
――百の花を褥に敷きつめ
――王の器に花の別れを満たさん
――花の別れ、右に花、左に礎《いしずえ》
――王の命のもと、別れた花が集う時、この地は永久に栄えん
「もっと長かった気もするけど……思い出せるのはこのくらいだね」
「王の命？　なんで急に、王が？」

「分からないが、意味深だな」

困惑して見つめ合うミコトとハヤトをよそに、母はミコトの肩に手を置いた。

「それにしても、疲れただろうね。今日は泊まっていくだろう？　お前の部屋、元のままにしてあるよ。宮家のお人には、そりゃ、狭いかもしれないけど」

「か、母さん」

「喜んで、泊まらせて頂きます。ただもう少し、ミコトさんと話さなければならないことがあって」

「じゃ、私は先に戻るよ。少し休んだら、父さんと畑に出にゃならん。月の出てる間にね」

そう言って、母が家の方へ歩いていく。その背中が十分に遠ざかるのを待って、ハヤトが口を開いた。

「お前の家では、この花は女王の花じゃなくて薬師の花と呼ばれてるのか」

「初めて聞いた。それに、薬師の伝承に何故か、王の命って言葉が……」

王の命。その言葉に、自分とハヤトが今置かれている状況を思い出す。

さっきまで奇跡に昂揚していた心が、一瞬で深いところまで沈み込んだ。

「ま、それはさておき、あの少年も助かったことだし、治療法も見つかった。今夜、ここで儀式をする。王宮じゃなきゃいけないって決まりはないから」

「ハヤト！」

ハヤトは声の調子をがらりと変え、何でもないことのように儀式の実行を告げる。それを咎めたミコトに、何故か彼は微笑んだ。

「ミコト、女王になれ。お前こそがその座にふさわしい」

暗闇の中、揺らめく炎に照らされたその笑みの美しさに、ミコトは言葉を失った。

なんで今、俺を見てそんなふうに笑えるんだろう。

「お前は神の力に頼らず、自分の危険を顧《かえり》みず、自らの知恵で民の命を救った。理想の女王だ。百年前の厄災も、今回のことも、神の怒りなんかじゃないと分かって良かった。最高の気分だ。もう何も、思い残すことはない」

そんなふうに喜びに満ちた目で、見つめないで。

チハヤを救えたのは、ハヤトがそばで助けてくれたからだ。チハヤを見てみるよう促し、治療薬の材料集めを呼びかけ、治療の間もずっと支援してくれた。

君がいたから、できた。俺はずっと、君のそばにいたいのに。

ヤマイの治療で心の隅に追いやられていた感情が急にせり上がり、留めきれなくなった。

「いやだ……」

「ミコト」

「俺はいやだ。き、君が……死ぬなんて」

弱い本音がこぼれてゆく。

なのにハヤトは尚も微笑んだまま、ミコトの望む言葉を返してはくれない。

目の前のハヤトに、祈祷の間で祈るハヤトの姿が重なる。

遠くからでは決して見えなかった、彼の真摯さ。王としての覚悟。

「誰が女王になろうが、俺の死は変わらない。俺はお前を女王にする、ミコト」

「お、俺は、君を死なせたくない。君にいてほしいんだ、ハヤト。俺は、君が……」

こぼれかけた言葉を、理性で必死に押し留める。この先は、言ってはいけない。優しい彼を、困らせるだけ。

——俺は、君のことが好きなんだ
心がちぎれそうなほど痛い。どうして、恋心なんか抱いてしまったんだろう。

ハヤトは俺の気持ちなんて、必要としていない。むしろ、彼の重荷になってしまう。分かっている。

その時、ぐっと腕が引かれた。え、と声を上げる間もなく身体がハヤトの腕の中に納まる。同時に彼の香りを強く感じて、身体の芯がドクンと疼いた。

「な、んで」

こんなことをするのか。憐《あわ》れみか、慰めか。どちらにしても、残酷だ。けれど、抱きしめられたら、抗えない。

「いやだ、いや……」

「拒むな、ミコト」

　ハヤトの指が顎にかかり、そっと上向かされる。ふ、と上唇にハヤトの吐息がかかり、それだけで肩がびくんと震えた。

「んっ……ぅ」

　近づいてきた唇が、そっと重なる。

　少し乾いたハヤトの唇のやわらかな感触に、肌がざわめく。重なったそれはすぐに湿り気を帯びて、濡れた音を立てた。

　戸惑いに、あ、と口を開くとハヤトの舌が滑り込んでくる。舌先を擦り合わされるとくちゅ、と音がして、無性に恥ずかしくなる。

「んっ……ふ、ぅ」

　顎を引こうとしても、いつのまにか後頭部に回っていた手に押さえられて動けない。舌を吸い上げられ、溢れた唾液《だえき》を飲みこまされ、身体がじんじんと痺れる。

「ふ……、あ、っ」

　重なる唇は発火しそうなほど熱く、絡まる唾液が蜜のように甘い。ハヤトの味だと思うと、頭がくらくらとして身体の芯から欲が浸みだしてくる。

　ずっとハヤトを求める心を抑制してきたからか、一度欲が溢れると止まらない。

　ハヤトの息遣い、存在、体温につつみこまれ、陶然とする。

求められれば、拒めない。愛おしい。苦しい。感情がぐちゃぐちゃになって、いつのまにか涙が滲んでいた。

「ひっ……く」

「悪い、苦しかったか」

涙が頬を伝うのに気付いたハヤトが慌てたように唇を離す。ミコトは首を横に振った。

「はあ……っ、う、ううん……だいじょ……ぶ」

荒い息を吐きながらそう答えると、親指で目尻の涙を拭われる。その優しい仕草に胸が疼き、自覚してしまった恋心が悲鳴を上げる。

「……さすがに外で儀式はできない。お前の家に行くぞ」

「儀……式」

ハヤトは愛おしさから口づけをしたわけではない。儀式を、進めるため。彼の役割を果たすためでしかない。呆然としたまま、ミコトは歩きはじめたハヤトに従った。

「お前の部屋って、どこだ？」

「二、二階、奥の階段の……」

家にいた父と母に挨拶をしたあと、部屋へと向かう。簡素な寝台と勉強机があるきりの、

少年時代を過ごした部屋。そこにハヤトと二人でいるのが、何とも不思議な感じだ。

「ここでお前は育ったのか」

ハヤトにそう言われると、なんだか気恥ずかしい。

「いい村だな。皆実直で、隣人思いで。……お前の育った場所を見られて良かった。お前の両親にも会えたし」

故郷を褒められ、胸がじわりと温かくなる。けれど同時に泣きたくもなって、ミコトはハヤトを恨めしく思った。儀式の相手に、そんな優しさを見せないでほしい。勘違いしてしまうから。

並んで小さな寝台に腰かけると、途端にこの後のことを想像してしまう。

意識がそちらに向いたせいか、ハヤトの香りが強くなった気がした。部屋の中は寒いのに、じわ、と体温が上がる。

「ハ、ハヤトの、ご両親は？　どんな人？」

こんな時何を話せばいいのか分からなくて、ミコトは話題を探した。するとハヤトは少し困ったように笑う。

「その話はまだ今度な。これからすること考えたら、親の顔はあんまり思い出したくない」

「……え？」

そのままハヤトが手を伸ばしてくる。

今から、この人に触れられる。恋しくてたまらない相手に。そこに気持ちはないと分かっていても、心臓がうるさくなって、唇が震える。

天井窓からの淡い月光の下、そっと固い寝台に横たえられた。

「第三の儀は、お前の身体の準備をした後、抱き合って一晩眠る。けれど達してはならない。なかなか刺激的だろ？」

「じゅ、準備、って」

「……お前は何もしなくていい。俺がやるから。香油も、少しならある」

ミコトを落ち着かせようとしてか、軽いキスが落とされる。額、鼻筋、そして唇。押し当てられる柔らかな感触は、その軽さとは反対にひどく熱くて、意識が飲まれていく。

もっと、触れられたい。その期待に応えるように足の間に手が這わされてミコトはびくりと肩を揺らした。

「ちょっとキツいかもしれないけど、我慢しろ」

「うん……って、ふぇ？」

香油を纏ったハヤトの指先が、性器を素通りし、その奥の窄まりに押し当てられる。

その感触に、ミコトはたちまち最初の儀式でそこを暴かれた時のことを思い出した。

「あっ、ハヤト、そこ……」

「ココを慣らすんだよ。……最後の儀式の前に」

「そんっ、あ、や……っんぅ」

最初の儀式を受けてからというもの、ハヤトのそばにいるとそこは疼いてしまう。口づけを交わしたあとのミコトの後孔は、既に濡れていた。

つぷん、と突き立てられた指を、そこはさほど抵抗もなく呑み込む。まるでずっとその感触を待っていたかのように、そこは喜んでざわめいた。

「あ、あ、っん、ハヤト」

硬い指が内壁にこすれるのが気持ち良くて、思わずハヤトの服の裾をぎゅっと掴む。その中の指は孔の浅い場所を指の腹でじっくりと探る。その指先がわずかなふくらみを掠めると、ミコトの腰は大きく跳ねた。

「なっ、なに、あっ、や、あ！」

ミコトの反応に、ハヤトがそこを指の腹で擦る。途端にびりびりと全身が快楽に痺れた。身体中の血が、腰に集まりはじめる。

「や、だめ、そこ、だめ……っ」

「駄目じゃない。ゆっくり慣れろ」

ハヤトは容赦《ようしゃ》なくそのふくらみを刺激してくる。

指先の動きはゆっくりと優しいのに、生まれる刺激は強すぎて腰がのたうつ。怖いほどの快感から逃れたいのに、しっかりと上から押さえつけられ、ミコトは叫んだ。

「うっ、うんぅ、あ、いや、やだ、こわい、ヤッあああッン！」

大声を上げた後、ここが実家の二階であることに気付いて、口を手で押さえる。父と母は、まだいるだろうか。だとしたら、この声を聞かれてしまったかもしれない。

「うっ、ふ」

我慢しなければ、と思えば思うほど、声が漏れてしまう。

「気持ちいいか？　……勃ってるな」

ミコトの性器はしっかりと勃ち上がっていた。一度気付いてしまうと、そこにも刺激がほしくてたまらなくなる。

そんなはしたない期待に応えるようにハヤトの指先がするりと巻きついて、ミコトは思わず満足の息を漏らす。けれどハヤトの長い指は、きゅっと性器の根元を締め付けた。

「んっ、あ！　え？」

「……達してはならない。気は内側に溜める必要がある」

なのに、まるで達せよと言わんばかりにハヤトは後孔に埋めた指の動きを再開する。

「な、それ、や、アッん――っ！」

後ろの孔を引っ掻くようにされてびくびくと性器がのたうつけれど、決して達せない。

未知の快感が身体の中をぐるぐると暴れ回って、けれど逃げ場がなくて、どうにかなってしまいそうだった。

「あっ、ぅ、ゆび、やめ、て、や、もう、ハヤト……ッ」

「苦しいよな。ってか、俺も相当キてるんだけど」

「へ？　あ、はあっ、も、むり……っ」

ハヤトが何やら言っているけれど、もうその言葉もうまく聞き取れない。いやいやをするように身体を左右に捩じっても、快楽からは逃れられない。むしろ咥えこんだ指を締め付けてしまって、更に呻く羽目になる。

「あっ、もう、やっあ」

「この儀式考えたやつ、相当性格悪いよな」

「う……ふっ」

「指、増やして大丈夫か？」

「う、ん……ん！　あああ、ふ、う」

何を聞かれているか分からないまま無我夢中で頷くと、指が二本に増やされ、ふくらみを両側から擦るように柔らかくつままれる。途端に腰がガクガクと震え、生理的な涙が目に滲んだ。

「あ、ひ、む、りぃ……ッ」

思わず、ハヤトの肩を手で押す。けれどハヤトは、宥めるように口づけを落としただけで指を抜こうとはしなかった。完全に勃ち上がった性器を戒める左手もそのままだ。ず

ちゅずちゅと、耳をふさぎたくなる音が響く。

「もう少しだけ、ミコト」

間近で名前を呼ばれ、ぶわりと身体の熱が上昇する。

「あ、ハヤトッ」

「お前の身体を拓く。もっと、奥に欲しくなるまで」

囁いたハヤトは、押し返す手から力が抜けたのを合図に、ふくらみをつまんだ二本の指を小刻みに動かした。

「あ、あ、あ、や、それ、やだ……ッ」

拒絶を口走ると、揃えた指に、ぐっとふくらみを押し込まれる。

「ああああああああっ」

ぐ、ぐ、と断続的にふくらみを押され、声が止まらなくなる。唇の端から唾液がこぼれてしまっているのが分かるけれど、口を閉じることもできない。

「やっ、あ！　アッ、や、ああああああ！」

目の裏がチカチカとし、指の届かない孔のずっと奥が疼く。大きなうねりがうまれ、どくん、と奥の奥が心臓みたいに脈を打った。

奥が、溶ける。

「な、に、これ、ハヤト、あつ……い」

身体の芯が熱を持ちすぎて、もどかしくて身体を捩る。けれど一向に熱が発散できない。何かでこの身体の奥を――、そうだ、あの最初の儀式の時みたいに、何かでこの熱い穴をかき回してほしい。指より、もっと太くて奥まで届くもので。

無我夢中でハヤトの両腕を掴み、彼の身体を引き寄せようとする。けれど、その手はやんわりと押し戻された。

「……今は、駄目だ」

ぐちゅ、ぐちゅ、と指で後孔をかきまぜられるたび、欲しくて気が狂いそうになる。

「アッ、ハヤト、ほし、ハヤト、うしろ、アッ、やっ、も、むり……ッ」

入れて、入れて、かき混ぜて。本能が叫びだす。ハヤトが欲しくてたまらない。

ハヤトは息を詰めると、一層激しく指を抜き差しした。

「な、に、これ、あ、や、い、く、いっちゃ、ハヤト、やめ……ッン！」

駄目なのに、と思った瞬間びくん、とひときわ大きく身体が震え、ミコトは達した。

はあ、はあ、と荒い息が部屋に響く。

ずるり、とハヤトの指が引き抜かれて、後孔が力なく収縮した。

どくん、どくん、とうるさかった鼓動が少しずつ静まるのとともに、孔の奥の脈動《みゃくどう》もゆっくりになっていく。

「あ、俺……っ」

達してしまって儀式を台無しにしたのではないかと慌てて腹を見下ろす。しかしハヤトの手に握られたものは切なげに震えていたけれど、吐精した形跡はなかった。

「え……？」

身体には確かに達した感覚があり、さっきまでの発情が少し落ち着いている。

混乱して身体を起こそうとすると、覆いかぶさっているハヤトとぶつかった。

「っ、動くな。少しじっとしてろ」

絞り出すような声で、ハヤトが言う。

失敗の二文字が頭を過り、ミコトは言われた通りじっとしていた。

次第にゆっくりとなってゆく彼の呼吸を聞くうち、少しずつ身体の火照りが引いてきた。

「ん、もう、いい」

「ハヤト……？」

落ち着いたハヤトの声に、ほっとする。

「抱き合って、朝まで眠る。これで第三の儀式は終わる」

「え？　あ、うん……」

「身体、平気か？」

ハヤトは純粋に心配してくれているのだろうけれど、さっきまでの自分の乱れようを思い出して恥ずかしくなる。みっともない姿に、呆れられていたらどうしよう。

そもそも、ハヤトのそばで眠れるだろうか。不安だけれど、後ろで絶頂まで導かれた身体には倦怠感《けんたいかん》が満ちている。このまま何も考えずに目を閉じれば、寝つけるかもしれない。

「……う、ん」

「おい、本当に平気か？　……なんか、しんどそうな顔してるけど」

曖昧な答えがひっかかったのか、ハヤトが顔を覗き込んでくる。途端に、落ち着いたはずの心臓がまた大きく音を立てた。

変なことを口走ってしまいそうで、ただ首を小さく横に振る。

身体は疲れているけれど、こんなの何でもない。

ただこうしてハヤトに見つめられるだけで、馬鹿みたいに胸が高鳴ってしまう自分がいるだけ。

ハヤトが心配してくれるのは儀式のためと分かっているのに、その優しさに泣きたくなってしまうだけだ。

見つめていたいし、見つめられていたい。触れたいし、触れられたい。自分ではどうにもならない衝動を持て余してしまう。

口を開けば泣いてしまいそうで、歯を食いしばる。

自分で自分の感情が制御できなくて、ミコトはハヤトに抱きついた。

「ミ、コト？」

「す、少し、寒い、ハヤト」

咄嗟の言い訳は、自分でもびっくりするほど下手くそで、声が掠れていた。

少し戸惑ったような間があったあと、大きな手がそっと背中を撫でてくれる。

今だけは、ハヤトの存在を全身で感じていたい。儀式の疲労と少しの寒さを隠《かく》れ蓑《みの》にして、ミコトはハヤトの胸にしがみついて眠った。


次の夜、戻った王宮の自室でミコトを出迎えたミレイは、いつになく興奮していた。

「お帰りなさいませ。教会からの連絡で、奇跡を知りました。突然死のヤマイを癒されたのですね。その上各地の教会にヒカリゴケを集めさせ、ヤマイの人々の受け入れを表明させるとは」

「教会のことは、全部ハヤトの発案です。一刻も早く、各地の人が治るようにって、すごく行動が早くて」

「これでミコト様の名声は、否《いや》が応《おう》でも高まるでしょう。王族の強権も、こういうことに使われるなら意味があるというもの。教会も久々に存在感を発揮できると張り切っております。あの王子の手腕がここまでとは」

月の沈み切った朝に目覚めてからの、ハヤトの行動は素早かった。眠っている間にすべ

ての算段をしていたかのように司祭と交渉し、ミコトを残して近隣の教会を飛びまわり、昼過ぎには村へ戻ってきた。

「それにしても、出先で派手に奇跡を起こされるとは。あなたと王子の不在を隠していた私やキクナのことを、思い出したりはなさいませんでしたか?」

「あっ、すっ、すみません」

治療に夢中で、完全に忘れていた。ひょっとしてハヤトも、同じようにあの第一侍従に怒られているのだろうか。

ミコトの慌てぶりに、ミレイが真顔を崩してふっと笑う。

「冗談ですよ。今回の奇跡を、側付として誇りに思います。開花の様子で、お二人が第三の儀を終えられたことも分かっています。本当に、お疲れ様でございました」

微笑むミレイにからかわれたのだと分かり、呆気にとられたその時ノックの音がする。

「ミレイ殿、司祭がお呼びです」

「お二人が無事戻られたことですし、せいぜい言い訳してまいります」

ミレイが扉の向こうへ消え、ミコトは長椅子の背に頭をもたせ掛けた。

一人になると、めまぐるしい二日間の疲れがどっと出る。もう横になってしまおうかと寝室へ向かい、学徒服のまま靴を脱いで寝台に乗ると、微かな違和感があった。

何だろう。

上掛けを捲ると、一枚の封筒がある。あて名も差出人も書かれていないそれを開こうとしたところで、続きの間から声がかかった。

「ミコト様」

封筒を衣の内側にしまい、続きの間へ戻る。すると相変わらず黒い装束の、ハヤトの第一侍従がそこには立っていた。

「キクナさん」

ミレイは司祭に呼び出されていたが、キクナは一緒ではなかったのだろうか。

「ミコト様、お帰りなさいませ。急なのですが、ノト教授がどうしてもお聞きになりたいことがあると仰って、別室でお待ちです」

今回の経緯について、ノトはこちらからの連絡を待ちきれなかったのだろう。

「こちらへ」

促されるまま、彼について部屋を出る。

細い回廊を随分と長い間歩き、やがて建物の外に出てミコトは少し不安になった。

「あの、キクナさん、ここは……」

大きな一本の木の前で、キクナが足を止める。

こんなところでノトが待っているのだろうか。すぐそばには高い塀が見えるので、広い王宮の敷地の、どこか端の方だということは分かる。その木の周囲だけ手入れが念入りな

ことは見て取れるけれど、妙に寂れて、ひっそりとしている。

木の根元のすぐそばには大きな穴があり、そこから地下へ続く階段が見えた。

「王宮の中に、こんな場所があったのですね」

「ここは、蟻神の祠《ほこら》です。この穴は地下に続いていて、女王が最初にこの世に遣わされた時、この洞窟から現れたと言われています」

「そうなんですか。……でも、なんでこんなところにノト先生が？」

何かを調査しに来たのだろうか。

「ノト教授はいらっしゃいませんよ。この洞窟の奥は我々蟻人の身体でも耐えられないほど、凍てつく寒さですから、今近寄る者はほとんどおりません」

「……え？」

そこでようやくミコトは、キクナの様子がおかしいことに気付いた。場違いに酷薄《こくはく》な笑みを浮かべ、ミコトをじっと見ている。

「ここはあなたにふさわしい場所だ、尊いお方。奇跡を起こした女王候補は神への感謝を捧げるため、従者の制止も聞かず単身で蟻神の祠を訪れ、誤って命を落とす……」

「き、キクナさん、何を」

「ああ、とても残念です。あなたが、もっと意志の弱い人形のような方であれば良かった。虚弱で、民からも蔑まれる人間の……傀儡《かいらい》にうってつけの女王候補でいらっしゃれば、あ

の方も……」

「あの方？　何を、言って……」

このままここに、いてはいけない。ミコトは直感に従って踵《きびす》を返し、来た道を駆け戻ろうとした。しかし思わぬ強さで腕を掴まれ、引き戻される。

「痛……っ」

「自らの意思で行動し、人間の身でありながら奇跡を起こし民の信頼を集めてしまうような女王は、この蟻の王宮に不要」

両手首を頭上でひとまとめにされ、太い木に押し付けられて身動きが取れなくなった。もう片方の手で顎を掴まれ、顔を覗き込まれる。

その瞳に異様な光が宿っていて、ミコトはぞっとした。彼が自分を快く思っていないことは知っていたけれど、この男は本気で自分を殺そうとしている。

「……まさか、これまでのことも、あなたが……？」

そう問う唇が震える。キクナはにやりと唇の端を曲げた。

「お粗末な毒殺を試みた家もあったようですね。私は敬意ある死をあなたに捧げます」

「っ、放せ」

「ひと眠りなさって下さい。死の床まで、私が責任を持ってお連れします」

「っう」

キクナが小瓶を取りだし、口元に近づける。つん、と立ち上がってくる香りを吸い込むまいと、ミコトは必死に息を止め、顔を背けた。

「そんなに嫌がらずに。すぐに楽になりますから」

全身を使ってミコトの身体を木の幹に押し付けながら、キクナが小瓶を口に突っ込もうとする。力は圧倒的にキクナが上だった。小瓶の中で液体がちゃぷん、と揺れ、はねたしずくが唇の端につく。

「うっ、ケホッ」

「一息に、お飲みなさい。安らかな死が待っています」

強烈な香りに、頭がくらくらとする。小瓶が半開きの唇に迫り、こんなところで終わるのかと、そう絶望した時だった。

「……それはお前なりの優しさか？　キクナ」

静かな声に、キクナが弾かれたように振り返る。

「多分優しさなんだろうな。俺も今、お前の長年の忠義に報いて、せめて一撃で仕留めてやりたいと思っているからな」

「ハヤト様……っ」

淡い月光を反射する鋭い刀身が見えた。軍刀だ。ハヤトが手にしているところは、はじめて見る。

その冷たい切っ先が、振り返ったキクナの白い額に突きつけられている。

ハヤトの瞳に迷いはなく、その腕はぴたりと静止したまま動かない。

「これは、すべてハヤト様のため。ハヤト様のために、私は」

「俺がいつ、発言を許した？」

「ハヤト……様」

「二度と俺の名を呼ぶな」

その発言に、キクナはがくりと頽れ地面に膝をついた。

自身を拘束していた手が離れ、ミコトはへたり込む。

「ハヤト様、私は……」

「何も説明はいらない。黙ってその首を俺に差し出せ」

「ハヤト！」

「ミコト、そいつから離れて俺の後ろへまわれ。すぐにミレイが来る」

「ハヤト、キクナさんをどうするつもり？　まさか」

「……俺がその名を呼ぶことは二度とない」

尚も刀を突きつけたまま、ハヤトが宣言する。ハヤトの指示通り、ミコトはどうにか立ち上がって彼の背後に回り、その肩越しに今や放心状態のキクナを見つめた。

「ミコト、後ろを向いていろ」

その言葉で、ハヤトがすぐにでも処刑を実行しようとしていることが分かる。

「ハヤト、何も殺さなくても……」

「こいつは、お前を殺そうとしたんだぞ!!」

思いがけない激昂に、ミコトは怯《ひる》んだ。

「ハ、ヤト」

「何を置いても、それだけは許さない。こいつは、確実に殺す……っ!!」

低く唸るような声から、ハヤトの怒りが迸《ほとばし》る。彼がこんなに感情を顕《あら》わにするところを、初めて目にした。

同じことを思ったのか、黙ったままだったキクナが口を開いた。

「あなたのその瞳を、ずいぶん久しぶりに拝見いたしました。ハヤト様……」

「黙れと言っている、愚か者」

「……蟻神の祠を、愚者の血で汚すおつもりですか」

「クソくらえだ!!　お前も!!　神も!!」

ハヤトの怒号に、キクナが何故だかゆっくりと微笑む。

この人はどうして、こんなときに笑うんだろう。

「おい、何を笑ってる」

「……最後に、あなたの心からの声を聞くことができて良かった。それだけです」

「ああ?!」

「あなたの感情は、いつも不遜《ふそん》を装った態度の向こう側。随分お小さい頃からそうなってしまったあなたを、少し哀れに思っておりました。隠し続けるうち、本当のあなたは消えてしまったのではないかと。けれど本来の感情豊かなあなたに最後にお目にかかれて、良かった」

キクナはそっと目を閉じると、顎を少し上げ、刀の切っ先に自ら白い首を晒した。

「ハヤト！　殺す必要はない。俺は無事だし、彼はもう無害だ。……そうですよね？」

語りかけると、キクナの肩がわずかに揺れ、目を開いた。ミコトは必死に言い募った。

「殺しては駄目だ、ハヤト。事情を聞こう。キクナさん、わけを話して下さい。誰かに命令されたんじゃないですか？」

「……もしかして、サキナの件か？　あの件がうまく片付きそうだと言っていたことと、関係があるのか」

何かに思い当たったらしいハヤトが問いかけるが、キクナは答えない。

「サキナっていうのは？」

「……こいつの妹だ。つい先日、サキナが下男の子供を身ごもったかもしれないと報告があった。……父親を早くに亡くしたこいつは、サキナの親代わりで」

「ハヤト様」

キクナがハヤトの説明に耐えきれぬ、と言うように声を上げた。

「これ以上身内の恥《はじ》を余所者《よそもの》にお聞かせになるのは、どうかご容赦ください」

「……ではお前の知っていることをすべて話せ」

冷ややかな声で、ハヤトが命じる。しばらくの沈黙の後、キクナは観念したように、低く首を垂れた。

「さる宮家のご当主は、もともと人間の女王候補の存在を危険だと考え、その動向を注視されていました。そして第五区域での奇跡が民衆の間で噂になりはじめた今、ついに事態を看過できないと判断されたのです」

「一宮だな。あの、耄碌《もうろく》ジジイ……ッ」

「人間の女王が民の人気を集めれば、コロニーの根幹《こんかん》である身分制度を揺るがしかねない。身分制度に不満を持つものが新女王を担いで制度改革を叫びはじめる前に、危険の芽は摘むべきだとあの方はお考えでした」

すらすらと、どこか他人事のようにキクナが話す。ハヤトは大きく舌打ちをした。

「そこでお前は、サキナの件をうまく収めることと引き換えに……」

「愚かな妹の件は、確かにある方の示した条件ではありました。けれど私は妹のため、ミコト様を手にかけたわけではありません。すべては、私が正しいと信じるもののため」

「正しいと、信じる……？」

「宜しいですか、真の支配者たるべきは王族。ハヤト様、あなたのように何もかもを兼ね備えた完璧な方であるべきなのです。身分制度は絶対。そのためには女王もまた、素晴らしく非の打ちどころのない方でなくてはならない。卑しい人間ごときのためにあなたの命が散るなど、我慢なりません」

キクナがハヤトを見上げる。その瞳には何の曇りもなかった。

「お前がミコトを殺そうとしたのは、ミコトが人間だからという理由だけか？」

「ええ。あなたにはもっとふさわしいお相手が現れるはず。血を分けた弟のように近しく思い、我が父よりも尊敬しお慕いしたあなたを思えばこその決断でした」

心が重苦しく濁る。彼が重んじたのは身分制度と、恐らくそこに隠された彼自身のプライド。そして、ハヤトへの深い愛。それらが絡まり合い、キクナを凶行《きょうこう》に走らせた。それがとても悲しく、哀れに思える。

背後からいくつもの足音がする。振り返ると黒い軍服の一団がいた。先頭の男がハヤトに駆け寄り、膝をつく。ノトの言っていた、ハヤトの隊だろうか。

「五宮将軍、召集により参じました」

「この男を拘束しろ」

その一言で男達がキクナを両側から抱える。立ち上がったキクナに、ハヤトはおもむろに口を開いた。

「お前がそれほど愚かとは知らなかった。身分に目くらましされて、ミコトの女王としての資質を見抜けなかったのか？」

　同じ黒の瞳同士が見つめ合う。

「俺はこの命を懸けて、ミコトを女王にする」

「……覚悟を、決めておられるのですね」

　キクナがちらり、とこちらに視線を寄越す。

　そしてもう一度ハヤトを見据えると、いつもの侍従の顔に戻って言った。

「……では、お急ぎなさいませ。あの方はおそらく二重三重に手を打っています。私の失敗を知ればすぐに次の矢を放つでしょう」

「……連れていけ」

　軍人に囲まれ去る元侍従を、ハヤトは一顧《いっこ》だにしなかった。

　その背中に声をかけられずにいると、ゆっくりと黒衣が翻る。

　ようやくこちらを向いた彼は、少し気まずそうに目を伏せ、呟いた。

「……無事で良かった」

　ミコトはうん、とだけ頷いた。何を言ったらいいか分からない。じっと地面を見つめていると、近づいてきたハヤトに手首を掴まれた。

「行くぞ」

「どこに？」

「儀式の間だ。時間がない」

ミコトの手を掴んだままハヤトが歩き出す。

「い、今から？」

焦って掴まれた手を振りほどこうとすると、少し怒ったような目で睨まれた。

「今の話、聞いてただろ。この宮中に、まだお前を狙ってる奴がいる」

「ハヤト」

「女王になってしまえば、もう誰もお前に手を出せない。お前は早く女王になって、このコロニーに太陽を取り戻し、突然死問題を解決しろ。お前ならできる。……お前にしかできない」

今から、儀式の間で、ハヤトと。

儀式の後、ハヤトは。

ちらりと考えただけでも足が竦み、一歩も動けなくなる。

「無理だ……。できない。君なしじゃ、とても、女王なんて……」

震える声を絞り出すと、ハヤトはようやくミコトの手を離した。

「無理じゃない。お前ほど強いやつを、俺は知らない」

ハヤトの向こうに、淡く月が輝いている。

その今にも消えそうな儚《はかな》い光は、まるでハヤトの命のようだ。

こんなにも美しいのに、夜明けとともに消えてしまうなんて。

「まだ……。まだ、君を助ける方法を見つけてない。君に死んでほしくない。どうにかして、君が助かる道を探すから……」

そうだ。この前、ノトが言っていたことが気にかかっている。

「パ、パートナーとして。君にずっと一緒にいてほしいんだ」

どうにか彼を説得しようと、耳触りのいい言葉を探す。偽りを含んだ懇願を聞いたハヤトは、なぜかふっと笑った。

「パートナー、ね」

これも見たことのない表情だった。微笑んでいるのに、その目にはどこか獰猛《どうもう》で、傲慢な気配がある。

「じゃあ俺が、お前に恋する男として、今すぐ抱かせてくれって頼んだら？」

「え？」

「今すぐお前を俺のものにしたい、ミコト」

はっきりと彼はそう言った。けれど聞こえた言葉が信じられなくて、間抜けに瞬きを繰り返す。まるで訳が分からない。

「な、何適当なこと言って……」

「適当じゃない。俺はお前を愛してる。心の底から。だから、抱かせてほしい」

ミコトの目をしっかり見つめて、まるで「ほんとうの」愛を告白するときのように、ハヤトは迫った。

抱かせてほしい、と聞いて、ミコトはようやく彼の意図を理解した。

「ひ、ひどい」

「酷い？」

「儀式のために、そんな、嘘……っ」

きっと彼はこちらの気持ちに気付いていて、こんなことを言うのだろう。彼に恋してしまった自分が、愛していると言われれば、抗えないと知っていて。

何て残酷で、狡猾な手口《てぐち》。

「……嘘じゃない」

「恋愛するつもりはないって、愛さないって、君が言ったんじゃないか。それを……っく」

気が昂ぶってうまく息ができなくなり、言葉が詰まる。本気じゃないと分かっていても、彼の口が「愛している」と言えば心が舞い上がって、パニックを起こす。

「大丈夫か」

「さっ、さわらないで」

伸ばされた手を、ミコトは振り払った。

ミコトの拒絶に、ハヤトは一度、目を瞬いた。

そしてひどく長く、ゆっくりと息を吐く。面倒な奴だと思われたんだろう。

重苦しく、気まずい沈黙があたりに落ちる。逃げ出したいような空気を破ったのは、どこか投げやりなハヤトの声だった。

「確かに俺は、お前を愛さないと言った。本当の気持ちは言わないつもりだった。絶対に」

「本当の、気持ち……？」

もう、ハヤトの言うことなんか聞くものか、と思っていたのに、つい聞き返してしまう自分が恨めしい。

「もう随分前から、ずっとお前を愛してる」

「ずっと？」

ミコトは混乱した。随分前って、ずっとって、いつの話をしているんだろうか。それに、「愛している」のが本当の気持ちだなんて。急にそんなことを言われても、全然、信じられない。

「初めて会った時から、お前は特別なやつだった。お前が俺を変えたんだ。高校の頃お前に出会ってなかったら、俺はきっと今頃何もかもを放棄して逃げ出してた」

「……え？　何の、話？　高校？」

全く心当たりがなくて聞き返す。

高校の頃、ハヤトと関わったことなんて、なかったはずだ。

「やっぱり、忘れてるんだな。……高校に入ってしばらくした頃、俺はいじめにあってるお前を見た。頭の悪い奴らがお前のペンダントを取り上げて遊んでた」

あの時のことだ、とミコトは直感した。初めて、ハヤトを見た日。いじめられていた自分に、彼がペンダントを取り戻してくれた。

けれどあの時、ハヤトと言葉を交わした覚えはない。彼はたった一言を上級生に投げつけただけで、ミコトにありがとうを言う間も与えず飛び立った。

「俺はうるせえなと思いながら、しばらく見てた。そしたら誰かがお前に向かって『無駄に足掻《あが》くな、見苦しいから』って叫んだ」

ああ、そんなこと、言われたかもしれない。ハヤトに声をかけられる前だ。

おぼろげな記憶を辿ると、やがてあの日投げつけられた言葉たちが蘇ってきた。

――第五区域に帰れ。人間の分際で、二度と王都に足を踏み入れるな
――目障りなんだよ。どうせ何の役にも立たないくせに、どういうつもりでマスタークラスに混じって勉強なんかしてるんだ？

――人間は人間らしくしてろよ。無駄に足掻くな、見苦しいから
「無駄に足掻くなって、ひでー言葉だけど、当時の俺はむしろそいつに共感したんだ」

ひどくきまり悪そうにハヤトがそう言って、首の後ろを掻く。

「人間なのに高校に入ってきた奴がいるって知って、なんでかずっとモヤモヤしてた。だからお前のことはあんまり視界に入れないようにしてた。お前のこと考えると、何か……ムカついたから。そいつがその時『無駄に足掻くな』って言って、ようやく俺も、同じこと思ってたって気付いた」

ずっと、ハヤトは雲の上の存在だった。いつも超然《ちょうぜん》としているように見えていたハヤトが、その辺のマスタークラスの生徒のようなことを考えていたなんて。

「人間のくせして高校に通ってるお前が、俺にはできないことをしてる気がして……ムカつくし、羨ましかったんだ。身分のないお前は、何にだってなれる。俺だって身分に縛られないで、自分の思う通り生きたいって。女王の予言なんて知ったことかよって、毎日思ってた。けど、その時お前が言ったんだ」

——俺が何の役に立つか、俺は知らない。君も知らない

——でも俺はコロニーの役に立ちたいと思ってるし、いつかそういう日が来るって信じてる

——だから俺は、ここにいるんだ。君に、どう思われようと

「がつんと殴られたみたいな気がした。お前の……強さに」

強くなんかない。あれはほとんど祖母の受け売りで、挫《くじ》けないために、自分自身に言い聞かせた言葉だった。弱い自分が顔を出して、両親の許へ逃げ帰ったりしないように。

「お前は強かった。俺はその時自分がどんなに甘ったれで、弱いか思い知った。……お前みたいに、強くなりたいと思った。ま、お前は覚えてなかったみたいだけど。考えてみれば、お前は俺に向かって言ったわけじゃなかった。お前の言葉があんまり響きすぎて、勝手に俺に言われたような気になってたけど」

ハヤトがそっと手を伸ばし、その掌でミコトの頬に触れた。

「俺の人生は、お前に救われた。あの時からずっと……」

「う、そ……」

でも、そういえば互いの香りで暴走しかけた時、ハヤトは急に我に返った。あれは、この胸のペンダントを目にしたからだったのかもしれない。彼は、ペンダントのことを覚えていたのだ。

あの日、遠く眩しい憧れを抱いた瞬間を思い出す。彼の強さと自由を羨んでいたけれど、彼は彼で人間のミコトのことを、身分がない故に自由だと、羨んでいたなんて。

「嘘じゃない。こんなふうに再会することになって、本当、驚いた。……運命だと思った。女王候補として現れたお前は、ずっと変わらない強さを持ってた。それが本当に嬉しかったし……愛さずにはいられなかった」

もう片方の手が腰に回り、抱き寄せられる。

放心状態で、ミコトはハヤトの手に身を任せた。

「儀式にかこつけて、ずっとお前のそばにいて……どんどん好きになった。お前の強さ、健気さ、気高さ。たまに怖いくらい鈍感で、純粋なところも、全部。愛してる」

「ハヤト……っ」

熱すぎる視線を、受け止められずにミコトはハヤトの胸に顔を埋めた。

すると腰に回ったハヤトの腕の、抱きしめる力が強くなる。

「愛してる。ミコト」

その言葉は、目も眩む喜びをミコトにもたらした。幸福で、身体が溶けてしまいそうだ。

けれど腕の中で陶然としていると、ハヤトが何故かため息をついた。身体に伝わる振動が、今の幸福にあまりにそぐわなくて目を瞬く。

「駄目だな、俺は」

「ハヤト……？」

「俺の気持ちを知ったら、お前はそれを背負うことになる。何ひとつお前のせいじゃない。けど、お前は背負う。そういう奴だろ。……だから絶対に、言わないって……クソ」

ミコトは愕然《がくぜん》と目を見開いた。

突き放すような態度、冷たい言葉。

あれらは全部、自分に運命の荷を負わせまいとしてのことだった。

彼はひとりで、すべてを引き受けるつもりだったのだ。

ずっと抱いていた思いすら、隠し通して。

際限《さいげん》なく気持ちが膨れ上がっていく。

「い、言ってくれてよかった。嬉しい、ハヤト」

舌がもつれ、上手く言葉も選べないけれど、どうしても、伝えなければ。

「君が好きだ。俺も、君のことが」

「ミコト」

「君が好きだ」

言えてよかった。伝えられないままにならなくて良かった。

熱に浮かされた瞳でじっとハヤトを見つめると、彼が何かを堪えるように目を細める。

あ、と思った次の瞬間には、唇に柔らかな感触が押し当てられていた。

ほのかに温かい、彼の唇。

今、伝え合ったばかりの気持ちをそっと確認するような、優しい口づけ。この前のような欲を煽る激しさはそこにはなくて、いつまでもこの感触に浸っていたくなる。

彼の唇が離れていくのが名残惜《なごりお》しくて、ミコトは再び彼の胸に顔を埋めた。

「俺はもう、少しも待ちたくない。今すぐお前を抱きたい」

ゆっくりと、ハヤトが言う。彼の覚悟が、抱き合った身体を通して伝わってくる。

「俺も、君に抱かれたい。それで、君のものになれるなら。だから、もう少しだけ待って。

俺はどうしても、君を失えない。君を救う方法を探す」

これだけは、譲れない。真剣にそう言うと、ハヤトは諦めたように天を仰いだ。

「ハヤト」

名前を呼ぶと、自分を見下ろす瞳が苦笑いの色を含んでいる。

「……しょうがない。俺も一緒に、その方法とやらを探す。ただ、期限はあと八日しかない。状況が少しでも変われば俺はすぐにお前を抱く。お前が、嫌だと言っても」

彼もまた、真剣だった。

身体を離し、彼の目を見て、うん、と頷く。女王候補としての使命は、分かっている。でも、足掻き続けるのが、君の選んでくれた俺だから。

そう心の中で答えて、ミコトは彼を抱きしめる腕に力を込めた。


「あっというまに治療法を見つけてしまうとは。さすがに驚いたよ」

「先生、すみません。急に来て頂いて」

翌朝、突然の呼び出しに恩師は応じてくれた。

「……その様子。第三の儀を終えたのだね。香りが、あまりにも強い。王族の位を返上した身とはいえ、向かい合うのは辛い。立ったまま失礼するよ」

「そんな！　先生は座って下さい。俺が、こっちの隅に立っていますから」

「いい、いい。君たちはそのまま座っていなさい。……だいたいの用件には見当がついているよ」

並んで座るミコトとハヤトに何かを感じたのか、ノトはそう切り出した。そして一人掛けの椅子を部屋の壁際へ引きずり、腰かける。ミコトは待ちきれず口を開いた。

「この前先生は、王が儀式の後命を落とすようになったのはここ数代だとおっしゃった。ということは、以前は王が儀式の後も生き続けていたということですよね？」

ノトが、白い髭をひと撫でする。

「……前にも言ったが、女王選びの儀っていうのはこの王宮での権力争いの舞台だ」

「はい。どの宮家も女王に近づこうと争うんでしたよね」

「ああ。しかしその昔、争点は女王だけではなかった。王候補になるのは五つの宮家の者と決まっていて、これは前女王が存命中に予言で選ぶ。王候補は儀式を経て王になるわけだが……選ばれなかった家が、自分の家から王を輩出《はいしゅつ》するために、本来の王候補を殺すということがあったそうだよ。御印の現れる女王候補と違って、女王の予言で決まる王候補は、前女王の死後では新たに選びようがない。正統な王候補が消えれば元老院が選定する決まりだから、力の強い宮家はいくらでも自分の家の王子をねじこめる、というわけだね」

「なる、ほど……」

「王候補が儀式の後も君臨《くんりん》できていたからこそ、そこまでする意味があったんだ。このコロニーの治世は名目上女王が頂点にいて、元老院がそれを支えるという構造だが、王が存命であれば話が変わる。王は元老院の最高顧問であり女王の後見という立場だからね」

　またひとつ、王宮のドロドロとした内幕を聞いてしまった。ただ煌びやかな雲の上の存在としか思っていなかった王室には、一歩足を踏み入れると人の欲望が恐ろしいほど渦巻いている。

「しかし王候補を殺すなんて……王族はマスタークラスの中でも並外れて身体が強い。ましてや王候補になるのはほとんどがドミナントでしょう。殺人なんて可能なのですか？」

「その通り。普通の状態では無理だ。だから儀式の最中で、王候補がひどく無防備になる瞬間を狙ったみたいだね。女王選びの儀って昔は十くらい儀式あったらしいよ。それがいろいろ悪用されるのを防ぐために、今の形になったと聞く」

「ああ、儀式はどんどん簡略化されてる」

　ノトの説明に、ハヤトが口を挟む。ミコトはふと不安に駆られた。

「ひょっとして、その省略されてしまった儀式のせいで、王候補が命を落とすことになった……っていう可能性はないですかね」

「なるほど。面白いことを考えるね」

白い眉の下の恩師の目がきらりと輝く。一筋の光明を感じたところで、ノックの後にミレイが部屋へ入ってきた。

「儀式の間の様子を見てまいりました」

「あ……」

「白い花が溢れんばかりに咲き乱れ、それはそれは美しい眺めでございました。気は満ちております。儀式は、必ず成功するでしょう」

紫の瞳がしっかりとミコトを見据え、頷く。

ミコトとハヤトは、目を見合わせた。甘く気恥ずかしい空気のあとに、ひりひりとした切なさがやってくる。

昨夜、自分とハヤトの気持ちは確かに通じた。それが花を咲かせている。

もう後戻りはできない。

報告してくれたミレイに頷き返すと、彼は少しさみしそうに微笑んだ。

「あの美しい花が、まさか蟻人を狂わせるとは。不思議なものですね」

「うん……」

四人の間に、しばしの沈黙が落ちた。突然死の騒動に振り回された女王選びの儀が、本来の終わりに向かおうとしている。そのことを皆が感じている。

少し重くなった空気を払うように、ミレイがそういえば、と軽い声で付け足した。

「ずっと昔、女王選びの儀には花が使われていたと祖父から聞いたことがあります。けれど何か問題があって、花を使う儀式は封印されたとか。祖父も祖父から聞いたような古い話なので詳しいことは分かりませんが、今思えばあの花の毒性のせいだったのでしょうね」

「なるほど、あの花が王の毒殺に使われた可能性もあるな」

ノトが顎をさすりながら相槌を打つ。

ミコトの頭に、とても単純な疑問が湧き上がった。

「どうして毒になる花が、儀式の間に咲くのでしょうか。そしてわざわざその花が満開になるのを待って、最後の儀式を……？」

「神のお考えになることは、分かりませんね」

何かが引っ掛かる。この怒涛《どとう》の数日に、何かを見落としている気がする。

「そもそも百花油は、人間を生かす貴重な薬として薬師に伝わってきたといいます。蟻人に害を為すものではなかったはずで……」

記憶を辿るうちミコトは、あることに気付いた。

「ミコト君、どうした？」

「故郷で母から古い薬師の伝承を聞いたんです」

――百の花を褥に敷きつめ
――王の器に花の別れを満たさん

――花の別れ、右に花、左に礎
――王の命のもと、別れた花が集う時、この地は永久に栄えん
「へえ、薬師の銘と比べて何だか具体的というか……まるで何かの手順のようだね」

「俺もそう思います。この百の花を褥に……というのは、儀式の間のことではないでしょうか」

「ああ、確かに。王の命のもと、という言葉も気になるね」

「そう、そうなんです。きっと何かが……」

百花油。女王選びの儀式の間。薬師の伝承。まとまらない考えに自分でも苛立つ。

居ても立ってもいらなくなって、ミコトは席を立った。

「ミコト、どこへ行く?」

「女王選びの儀についての、古い資料を探す」

「なるほど。……長い夜になりそうだな」

すぐさまそう応じて、ハヤトも席を立つ。

「付き合うよ。人手は多い方が良いだろう。何せ私は学者だしね。文献調査は得意だ」

「先生」

「では、合間に食べられそうな軽い食事を手配致します」

四人は視線を交わし、それぞれに動き出した。

書庫の入り口の神兵は、この前とは打って変わって恭しくミコトを中へ通した。それどころか本来資格のないノトとミレイを連れて入っても、何も言わない。第五区域での奇跡は、神兵の態度まで変えるらしい。

王室にまつわる資料が保管されているのは書庫の一番奥で、そこだけ別室になっていた。

「これは……調べ甲斐があるな。王族以外には全く公開されていないものばかりだ」

ノトの感嘆を背に、書棚にずらりと並んだ本を見て、気が遠くなる。

「できるだけ、古いものから当たろう」

恩師の指示に頷いて、ミコトは書棚と向かい合った。山のような資料を、四人で手分けして読み進めていく。

しかし決意も虚しく、何の進展もないまま時は過ぎていった。

古い資料は古語の上かなりの悪筆が多く、解読に時間がかかる。半日が過ぎたところで、一冊の本にようやくそれらしき文章を見つけた。

それは神典の抄訳《しょうやく》に独自の解説を加えた、とある神学者の手になる本だった。儀式に関しての記載はなかったが、その本の終盤、コロニー誕生後の描写にミコトは引きつけられた。けれどうまく読みこなせなくて、離れた場所に座る恩師に声をかける。

「先生、これ……」

「ん？　どうした」

「すみません。蟻の王、女王と交わる時……あたりまでは読めたのですが、その次が」

「どれ。おお、これはまた、古代語の上にすごい字だな」

ノトは目を眇め、本から少し顔を遠ざけると、すらすらと文字を読み上げはじめた。

「蟻の王、女王と交わる時悉くその命を逸す。王の死、蟻の理《ことわり》なれど、女王の悲しみ深く、氷室《ひむろ》に王を横たえ朝も夜もなく嘆きたり。憂《うれ》いた民、女王に百花の調薬を献ず。その者、百花二色の泉に王を沈め、その命を呼び戻したり。女王の喜び甚《はなは》だしく、王宮を百の花で飾り、薬の民に銀の器を与えん。これより百花金銀の泉、ひとつの儀となりて、永く王の命を救いたり……ミコト君、これは」

読み進めるにつれ、ノトの声が興奮を帯びる。じっと耳を傾けていたミコトの手も、いつの間にか拳を作っていた。

ハヤトもミレイも割り当ての資料を読む手を止め、聞き逃すまいとしている。

「先生」

「これは薬師のはじまりの伝承とぴたりと一致するね」

「百花の調薬、というのは百花油のことですよね?!」

興奮したミコトの言葉にノトは頷き、内容を確かめるようにもう一度指で文字を追う。

「つまり、蟻人が生まれた当初、蟻の王は女王と性交を持つと死んでしまう宿命だった。これは私の蟻の研究でも分かっている。雄の蟻は女王に子種を与えるためだけの存在だったんだ。しかし人間と融合し蟻人となった女王は、王の死を酷く悲しむようになった。氷室に……これは遺体を腐らせないように保管したということかな。そこへ、誰かが王の命を救う薬として百花油を献上した。そして百花油は見事王を蘇らせた……」

本から顔を上げたノトと、見つめ合う。

「おそらく、百花油によって王の命はつなぎとめられることが分かり、それが女王選びの儀式の一部となって定着したんだろう。醜い権力争いに、その儀式が利用されるようになるまでは」

言葉を発せないでいるミコトに、恩師はひとつ頷いてみせた。

「王を生かすのは、百花油だ」

「でも、百花油は……」

「そこだ。百花油は、この記録に残るほど古い……つまりほとんど神話の時代から存在する。けれど恐ろしいヤマイを引き起こすようになったのはほんの百年前だ。これが意味するところは……」

「つまり今流通している百花油は、正しい百花油では……ない？」

「うむ！　新身分制度の制定で人間はコロニーの隅に追いやられ、薬師の血統は絶えた。

そこで間違った百花油が作られるようになってしまったのだろう！」

「ということは、正しい百花油を作ることができれば……」

弾かれたようにハヤトを見る。彼はどこか呆けたような顔で、ミコトを見つめ返した。

正しい百花油。その作り方さえ分かれば、ハヤトを失わずに済む。

ミコトは無意識に胸のペンダントを探った。

と、覚えのない感触が指先に触れる。何だろうと思って胸元に手を入れると、寝室で見つけた、差出人のない手紙が出てきた。

「どうしました？」

「これ、寝台に置かれていたんです。あとで見ようと思って……」

「何かあるといけません。お貸しください」

ミレイがミコトから手紙を取り上げる。白い指で封筒の表裏をひっくり返し、何も書いていないことを確認すると慎重に封を切った。

中は便箋《びんせん》一枚きりで、ミレイは素早くそれに目を通す。今は手紙なんてどうでもいい気分だったけれど、そのたおやかな眉がきゅっと寄るのを見て、ミコトは聞いた。

「ミレイさん、どうしたんですか」

「……これはミコト様への懺悔《ざんげ》と密告、いや、忠告です」

「え？」

問題はないと判断したのだろう、ミレイに便箋を差し出される。

『あなた様の慈悲深い言葉、そして起こした奇跡に胸を打たれ、この王宮に勤めてからというもの忘れ去っていた神への信仰心を思い出すに至りました。

あなた様が王宮に到着されたその日、女王選びのはじまりの儀の祈祷は捧げられました。あなた様の知らぬうちに儀式の日が尽きるよう企んだ醜い者どもの仕業です。どうか悪しき計略でその尊いお命を落とされることがありませんよう。あなた様の部屋を手塩にかけた花で飾れたことは、この上ない光栄にございました』

几帳面《きちょうめん》な字で綴《つづ》られた手紙はそれだけで終わっていた。

「あの者、あなたに出会い、救いを得たようですね」

「そう、でしょうか。……それにしても、俺とハヤトの行ったはじまりの儀は偽物だったってことですか？」

「確かに、はじまりの儀は開花がはじまってさえいれば候補が揃っていなくても行えます。……彼女は元々神官の家系。この王宮に知己も多いですし、侍女とは意外とどこへでも出入りできるものです。きっと、ここに書かれたことは真実でしょう。つまりミコト様が王宮に到着された日に、密かに儀式は開始されていたということです」

「俺は……七日眠っていたんでしたよね。ということは……」

期日まであと七日あると思っていたが。

「……女王選びの儀は、今日が期限、ってことだな」

やけに静かな声でそう言ったのは、ハヤトだった。

「そんな……」

ようやく、希望の光が差したのに。

正しい百花油の精製方法を、調べなければならないのに。

ミコトは手の中の紙をぐしゃりと握りつぶした。


「ミコト」

低い声が耳朶《じだ》を打つと、静かな水面《みなも》にさざ波が立つように、身体中の細胞が彼を求めて騒ぎ出す。

手順通り、別々の場所で身体を清めたハヤトとミコトは、儀式の間に降りる階段の前で向かい合った。

「……体調は平気か？」

「……うん、大丈夫」

沐浴《もくよく》の間、自分に言い聞かせ続けた。

最後まで、彼と彼の覚悟に相応しい態度を取る。そして彼の命を、決して諦めない。

けれどこうして向き合ってみると、保とうとした平静はたちまちどこかへ消えてしまう。愛しさも哀しみも、すべての感情が限界を超えて、頭がただ真っ白になる。

「今夜も、寝られないぞ」

伸びてきた手が、そっと髪を撫でる。その掌にさえ肌がざわめいて、ミコトは肩を揺らせた。

「眠らせないで」

ずっと。君のいない朝が来ないように。

「すごい煽り文句だな」

ハヤトの唇の左端がクッと上がり、その瞳に欲望が滲みだす。

髪を撫でていた手が頬を辿り、首すじに触れ、肩を撫でおろして腕を下る。掌を掬《すく》い取られるとそのまま手を引かれて階段を下りた。

石造りの部屋の床には薄く水が張られ、水面には白い花が浮かぶように咲いている。装束の裾を濡らしながら、ミコトはハヤトとその中を進んだ。

花々に囲まれた石の寝台に辿り着くと、ハヤトに抱きかかえられ、ふわっと身体が浮く。ガラス細工を扱うような丁重さで、ミコトは寝台に横たえられた。

緊張で、身体が小刻みに震えている。

ひやりと冷たい石の上で、覆いかぶさってくるハヤトの腕に縋りつく。

漆黒の双眸の美しさに耐えられない、けれど何ひとつ見逃したくはなくてミコトは目をめいっぱい見開いた。

自分だけを見つめる切れ長の瞳が伏せられ、焦点がぼやけるほど近づいてくる。ハヤトを真似て瞼を閉じると、もどかしいほどゆっくり唇が押し付けられた。触れたと思うとすぐに離れ、少しずつ角度を変え、何度も確かめるように唇が合わせられる。

酷く優しい口づけなのに、それだけで息が上がり、何も考えられなくなる。

そんなミコトを宥めるようにハヤトの指がうなじをそっと撫でていって、そこから全身にぞわりと痺れが広がった。

「ふ、ぅ、っ」

思わず息を吐くと、開いた唇の隙間にそろりと舌がさしこまれる。

「んぅ、ふ、ぅ」

舌先で上顎をこすられるとくすぐったいのに気持ち良くて、びくびくと肩が震える。恥ずかしくて顔を引こうとするのを許してもらえず、顎を捕らえられ更に深く口づけられてミコトは声に出せずに喘いだ。苦しい。気持ちいい。

体温がどんどん上がって、すでに寝台にまで温もりが移っている。

身体が今までになく彼を求め、疼きはじめているのが分かった。

「は、あ」

ようやく唇が解放され、息を吐く。ちゅ、ちゅ、と唇を首筋に落としながらハヤトが寝台に乗り上がり、その身体が自分の足の間に割って入ると、ミコトの肌は期待に震えた。

焦らすことなくひらひらした衣がはだけられ、ハヤトの掌がすっと内腿を撫で上げる。その感触に大袈裟《おおげさ》に腰が跳ねてしまって、ミコトは顔を赤く染めた。

ふっと笑ったような吐息が頬にかかって、思わず顔を手で覆う。するとすぐに、その手は払われた。

「隠すな。全部見ておきたいから」

耳元でそう囁くと指と指を絡めてミコトの掌を寝台に押し付ける。そのまま、また口づけがはじまった。今度は舌や唇を吸う合間に、ハヤトのもう片方の手が身体のあちこちをまさぐるので、ひっきりなしに吐息が漏れる。その吐息すら逃すのが惜しいみたいに吸い上げられて、頭がぼうっとしてくる。

「ん……」

やがてハヤトの指が何かに気付いたかのように、胸で動きを止める。

あ、と思った次の瞬間には、興奮に尖りはじめていた胸の先を、布の上からきゅっと摘ままれた。

「あっ」

びりびりとそこから生まれる痺れるような快感に、声が漏れる。その声をもっとと促す

ように、きゅ、きゅ、とハヤトの指先がそこを摘まんでいじめはじめた。彼の指先が動くのに合わせて、びく、びく、と腰が揺れてしまう。

「……感じやすいな」

嬉しそうにハヤトが言う。恥ずかしさにまた顔を隠したくなって、けれどさっき隠すなといわれたことを思い出し、何とか堪える。声が漏れないように必死に口を閉じるけれど、ハヤトの指先は硬くなりはじめた胸の先を柔らかく押し潰したり、かと思えば爪を立てたり、あらゆる方法でミコトの性感を引き出そうとする。布越しの感触がたまらない。

ハヤトを想像しながら、自分でそこを弄ってしまった夜の何倍も気持ち良くて、この先が怖くなる。まだ触れられていない腰より下がじんじんと疼き、熱を持っている。

「は、う、あぅ、も、そこっ、や……っ」

胸ばかり弄られて、思わずミコトはそう声を上げた。身体の奥で生まれたうねりが、今か今かと下半身への刺激を待っているのに。

するとハヤトがにやりと笑い、ミコトの腰ひもを解く。そのまま上半身をあらわにさせると、ミコトの胸に顔を埋めた。

「ハヤト……？　ひあっ！」

散々弄られ、膨れきった胸の先を直接舐められて、ミコトは悲鳴を上げた。

「もうやっ、やって言った……っの、に……っ！　んーっ！」

文句を言うと、突起が温かいものに包まれ、じゅう、と吸い上げられる。あまりの快感に、腰が大きく跳ねた。

「あっ、あっ、あっ」

続けてじゅっ、じゅっ、と何度も強く吸われる。快感に耐えられなくて、ミコトは無我夢中でハヤトの背中を叩いた。

「っふ、叩くなよ」

「は、ハヤトがわるい……っ」

唇を離したハヤトに、思わず言い返してしまう。そうか、とハヤトは笑った。

「お前が触ってほしいのは、こっちか」

「っう、や」

そう言うなり、するすると下に降りたハヤトの手が足の間をきゅっと握る。掌で優しく上下に擦られると、緩く芯を持ちはじめていたそこにどんどん血が集まった。

「や、じゃないだろ。こんなに硬くなってるのに」

女王選びの儀がはじまってからというもの、散々煽られながら一度も達することを許されなかったそこは、待ち望んだ愛撫にすぐさま張りつめて蜜を溢しはじめた。ぬめりが全体に広がって、いやらしい音がする。

「ひっ、あ、うあ、や、す、すぐ、だめ、になっちゃ……んんんっ」

口づけの距離で顔を覗き込まれながら達するなんて恥ずかしくて死にそうだ。けれど快感をどう逃がせばいいのか分からない。

ハヤトの優しい視線と、快感だけを引きだそうとする性急な手つき。大きな掌で先端の丸みをあやすようにこねられると、急速に射精感が高まる。

「んっ、んっ、んぅ――――っ」

堪える間もなくハヤトの手の中で達してしまった。小さな孔から欲を吐き出す。その最中もやわやわと竿を擦られて、何度も腰が跳ねた。

「は、あ……」

放心していると、頬や額、鼻の先にハヤトの唇が雨みたいに降ってくる。

「え、ハヤト、一回、手、止め……って」

「女王はまず三度達し、その気を王に与える」

「へあ？　な、なに」

ハヤトが困ったように笑う。

「いちおう、手順。……俺だってすぐにいれたいけど、いじめじゃないから」

「そんっ、んっ、あ、や、変になる、から……っ」

敏感になっている先端に、吐き出した白濁《はくだく》をぐちゅぐちゅと絡められる。

未知の感覚が恐ろしいのに、達したばかりの性器は芯を失わないまま再び張りつめはじ

めた。一度目より容赦なく、ハヤトの手が竿を扱き上げる。

「あ、う、う、や、やめ、一回、手、止め」

ガクガクと腰が震え、怖くてハヤトにしがみつく。

「ミコト」

呼ばれて顔を上げると、ハヤトに唇を塞がれた。

「うっ、ふぅ」

熱く長い舌が絡みついてきて、咄嗟に舌を引っ込めると、怒ったように舌をきつく吸い上げられる。じゅうじゅうと舌を吸われながら性器を扱かれて、訳が分からなくなる。

「うぐ、ふ、ううう――――ッ」

激しい口づけで唇を塞がれながら、ミコトはあっという間に二度目の絶頂に達した。ビシャ、と一度目より薄い欲望が迸る。

「っ、は」

射精の後、ようやく唇を解放されてミコトは喘いだ。

「う……ふ……ぅん」

強引なやり方に文句のひとつも言ってやりたいけれど、また口づけが再開されて吐息が鼻に抜ける。

一秒も惜しいみたいに口づけられると、何も考えられなくなってしまう。一方的に翻弄《ほんろう》

されて、自分ばかりが求めているみたいでくやしい。

「んふ、ハヤト……ハヤト……」

二度続けて達した身体の奥が、今まで以上に疼く。その場所を指で暴かれる快感を既に知っている身体が、同じ刺激を求めてぐんぐんと熱を上げる。

その熱をもて余してもぞ、と身じろぐと、むき出しになった腿にハヤトの昂ぶりが触れ、ミコトは息を呑んだ。それに気付いたハヤトがふっと笑って、わざとそこを押し付けてくる。

「お前ばっかりじゃないって、分かっただろ？　イイコだからもう一回……な？」

「っ……うー、ん、ん、あ」

冗談めかして言ったハヤトの掌が、性器の付け根の袋を優しく揉みはじめた。くすぐったさとぞわぞわする快感がないまぜになる。

もう一度なんて絶対に無理だ、と思うのに、疼きはじめた身体の奥と連動するように、性器が頭をもたげた。

二度目と違ってあくまでも優しく、二回分の白濁を塗り広げるようにゆるゆると掌で包み込まれる。その緩やかな刺激が、じれったい。

後ろも、触ってほしい。

「う、ハヤト……」

「ん？」

無意識にハヤトを呼んでしまって、けれど彼が反応すると我に返る。

後ろも触ってほしいなんて、あまりに恥ずかしくて自分から口に出せない。額に張り付いた前髪を分けて、覗きこんでくるハヤトからミコトは顔を背けた。

「な、何でも、ない」

「……ミコト」

名前を呼ばれ、視線だけをちらりと動かす。すると、こんな行為の最中だというのに思いのほか真剣なハヤトと目が合って、視線が外せなくなった。

「全部言えよ。してほしいことは、全部」

「……っ」

これが、最初で最後なんだから。彼は決してそれを口にしなかったけれど、彼の瞳が雄《ゆう》弁《べん》にそれを語っていた。

ぶわり、と苦しさと愛しさがふくらんで胸が詰まる。上手く呼吸ができなくなって、口を半開きにしたままハヤトを見つめる。生理的ではない涙が滲んで、彼の姿が歪んだ。

「悪い、そんな顔させたかったわけじゃなくて……ただ、全部、お前をくれってこと。今は、俺に、全部」

あ、と思った時には雫が目のふちから零れ落ち、こめかみを伝った。

声を上げて泣いてしまいそうで、ミコトは歯を食いしばった。

今だけじゃなくて、永遠に。永遠に俺はハヤトのもの。

そう口にすればハヤトに、ひどく重い荷を負わせることになるだろうか。

涙が後から後からこぼれる。こっちだってハヤトにこんな顔を見せたいわけじゃないのに。どうしても涙が止まらない。

言葉もなく泣いていると、濡れた頬にゆっくりと唇が押し当てられる。二度、三度、四度……繰り返される口づけ。

今、自分にできることはただひとつ。

彼がその身を捧げてくれるように、自分もこの身を彼に捧げ尽くすだけ。

ハヤトの優しい口づけは、終わることを知らなかった。

五度、六度、七度――。まるでこの部屋を満たす百もの白い花の数だけ、口づけを落とそうと決めているように。

「ハヤト」

その頬に手を伸ばし、そっと引き寄せる。

ミコトは初めて自分から、唇を合わせた。触れる唇の温かさで、ハヤトの生を確かめる。

女王が常人の倍生きるなら、その命をハヤトと分けられればいいのに。今、この瞬間、ひとつになってしまえればいいのに。

やがてハヤトの唇がうっすらと開き、下唇をそっと噛まれた。

ん、と息を呑むと舌で唇を舐められる。それを合図に口づけの主導権がハヤトに渡った。

つう、と飲みこみ切れない唾液が口元を伝うと、それを追うようにハヤトの唇が顎、そして首すじを這ってゆく。くすぐったくて首をのけぞらせると、浮き出た喉仏の上を強く吸われて、あ、と声を上げてしまう。

「次は、どうしてほしい？」

ハヤトがそう問うのに、反射的にミコトは答えた。

「全部」

「え？」

「全部してほしい。ハヤトの、全部が欲しい」

精一杯の想いを込めて見つめる。

「おおせのままに」

そう呟くと、ハヤトはこの儀式で初めて黒衣を脱いだ。

ばさりと音を立てて布が落ちると、美しく透明な翅が広がる。翅はまるで天蓋のように、ふたりに淡い影を落とした。

「あっ、ん」

見惚れていると、さっき吸われた喉仏に少し乱暴に歯が立てられる。その固い歯の感触

に、身体の芯がずくん、と疼いて腰が勝手に動いてしまう。

ハヤトの手が足の間に割って入り、肌に散っていたミコトの精液を掬い取りながら奥へ向かってゆくのに、身体が期待に震え、息が浅くなる。

第三の儀で、徹底的に暴かれた秘所の入り口に指先が宛がわれる。

「んっ、ふぅっ」

焦らさずにハヤトの長い指が入ってくる。儀式によって作り変えられた身体は内側からぬかるみ、難なくそれを受け入れる。

「……っ、熱いな」

驚いたように、ハヤトが呟く。確かに、ハヤトの指が冷たく感じるほど中が熱くなっている。熱を鎮めてほしくて、奥へ奥へと彼の指を誘い込もうとするみたいに内壁がうねる。

「はやく、もっと」

「お前な」

「んあッ、や、っあ」

すぐに指が二本に増やされて、孔の中を押し広げる。ぞくぞくするその感触にミコトははしたなく声を上げた。

「アッ、あ、や、ああ……そこ……ッ」

この前の儀式で見つけられてしまった感じる場所が、すでに腫れている。そこを揃えた

二本の指先で擦られるとたまらなくて、腰がガクガクと揺れた。

「や、もう、や、ら……っ」

「もうって、まだこれからだろ」

　意地悪な言葉とともに指がさらに増やされ、ふくらみをぐりぐりと刺激される。揃えた三本の指を中で捩じるみたいに回転させられて、その強い刺激に身も世もなくミコトは喘いだ。

「やあああぁッ」

目の裏に火花が飛ぶ。びゅく、と唐突に射精の感覚があって、思わず腹を見下ろした。

完全には立ち上がっていないそこが三度目の精を吐き出してるのが見えて、羞恥に頬が染まる。

ハヤトは何も言わず、ミコトの頬に口づけを寄越した。そのまま、指の動きを再開する。

「や、待っ……、今イっ……アッ」

ずりゅ、と奥へ指が押し込まれる。

気持ちいい。けれどももっと奥がむずがゆくてたまらない。

「アッ、やあ、おく、あつ……ッ、もう、だめ……ッ」

身体の奥がドロドロに溶けて、襞《ひだ》がせがむみたいに収縮を繰り返す。ハヤトに縋りつき、意味を為さない言葉を喚き散らした。

「ミコト」

生理的な涙に霞む目を開き、ハヤトを捕らえる。視界が揺れて、上手くハヤトの姿が像を結ばない。

「ミコト」

ハヤトは唇をミコトの汗ばんだ額に押し当てた。ゆっくりと、足を左右に開かされる。

「俺の、女王」

わずかに掠れたその声とともに、ハヤトのものが押し入ってきた。

熱く硬いものが内壁を擦り上げ、待ち望んだそれに身体が歓喜する。

「あ…………ッ！」

最初から一番奥まで突き入れられて、快感が頭まで突き抜けた。一瞬、意識が飛ぶ。

「う、ハヤト」

熱く滾った場所に硬い切っ先を捻じ込まれると、快感の激しさが恐ろしくてハヤトの名前を呼ぶ。

ハヤトはミコトの髪をひと撫でして、けれど待ってはくれずに動き出した。

「アッ、アッ、あ、っん、ハヤト」

硬く張り詰めたハヤトのものが、快感に戦慄く内壁を容赦なく抉る。浅い所にある敏感なふくらみを擦られたかと思えば、奥を突かれて腰が跳ねる。その繰り返しに、ミコトは

すぐに訳が分からなくなった。

奥からの快感で身体中がぐずぐずに溶けてゆく。

「ハアッ、や、も、む、り、ハヤトッあ、アッ、やぁッ、だめ、アン、あっう」

身体が勝手にガクガクと痙攣して、爪先がぎゅっと丸まる。

膝に手を添えられ、足をぐっと折り畳まれ、ハヤトが更に深く腰を打ち付けてきた。

「ア――――ッ」

ぱっと目の裏が白くなる。中がぎゅうぎゅうと収縮してはしたなくハヤトを締め付ける。

それがまた更なる快感を生んで、ミコトの意識は途切れた。


「っうん！」

寝返りを打とうとした瞬間、身体の芯に甘い感覚が走って、ミコトは意識を取り戻した。

「え、あ、ハヤト」

「お目覚めか」

「ごめん、俺……」

あまりの快楽に、気を失ったらしい。気を失う寸前にまた達したようで、腹の上の自分のものはまだだらしなく白濁を溢していた。

ハヤトのものは挿入されたままで、彼が達していないことが分かる。自分ばかりが気持ち良くなって恥ずかしさに顔が火照った。

「いや、俺も手加減が……大丈夫か？」

「え……あ、う、ん……」

大丈夫、と答えながらミコトは違和感に身じろいだ。射精の余韻があるのに発情が全然おさまっていない。

それどころか、ますます奥がじくじくと疼いている。意識の最奥で、硬いつぼみがそっと綻《ほころ》びはじめているような感覚がある。

「動いていいか？」

「……うん」

答えると、ハヤトはおもむろにミコトの右足を持ち上げ、抽挿を再開した。

「っん、あ、ハヤト、アッ、あん」

快感がすぐに呼び戻され、全身を襲う。片足を持ち上げられているせいで、さっきより更に深いところを抉られ、ハヤトの腰骨ががつがつと当たる。

いけないところまでハヤトが入ってきそうで、恐ろしい。

「や、そこ、こわい、ッン、ア、ハヤトッ」

思わず逃げそうになる腰を押さえつけられ、激しく穿《うが》たれる。それ以上の侵入を拒むよ

うに、奥がきゅうと蠢く。けれどそれがまた、深い快感を生んでしまう。

「ンっ、締まる……ッ」

ハヤトが低く呻く。は、は、と互いに熱い息を吐くだけになり、繋がった部分から互いをこれ以上ないほど感じ合う。

ハヤトの張りつめた先端が奥を突くたび、頭の中で白い花が開いていく。

「ハヤト、あン、もっと、あ、もっとッ……！」

「ッ、あんま、煽るな……ッ」

無意識に口をついて出た言葉に、ハヤトがガツンと腰を突き入れる。孔の中でぶくん、とハヤトが膨れたのが分かった。

「ッ――――！」

ハヤトが息を詰め、胎に温かい感触が散る。それがハヤトの放ったものだと思うと、たまらなく嬉しかった。

「ミコト」

汗で張り付いた前髪をそっとよけられ、額に口づけが落とされる。その次は鼻先に、そして唇に。

その後、寝台に両手をついたハヤトがそっと腰を引こうとするのを見て、ミコトは反射的に足をハヤトの腰に絡め、引き寄せる。

「抜かないで。まだここにいて」

「――っ」

ハヤトが息を飲み、ぬかるみの中の彼がびくんと震えた。

「お願い」

今、ハヤトと少しでも離れるなんて、耐えられない。

「おねだりは、もう少しセクシーな顔でしろ。……幸せなことだけ、考えて」

「っ」

不安になったのを、気付かれてしまった。それこそ、ハヤトには幸せなことだけ考えてほしいと思っていたのに。

どれだけ時間がかかっても、彼を蘇らせる。そう心に決めて、この場所に来た。けれど自分には、何の約束もない。

泣きたくなるのを堪え、無言でぐいぐいと足で腰を抱き締め結合を深める。と、達したばかりのハヤトの性器が体積を増した。

「っ、おい」

ハヤトが驚いて、息を詰める。意地になって無理な体勢で腰を揺すると、それにもハヤトのものは応えて大きくなる。それに喜び、もっともっととねだるように、うねる襞がハヤトに絡みついた。

なりふり構わぬ懇願にハヤトは少し笑って、ゆるく腰を回した。

「少し休ませてやろうと思ったのに」

「あ、ハヤト……」

内側がハヤトにこすれるのが堪らなくて、一度その名前を呼ぶと、もう止まらなくなった。

「ハヤト、ハヤト、ハヤト」

「ミコト……っ」

仕掛けの壊れた時計みたいに、ハヤトの名前だけを繰り返す。

切羽詰まった声で名前を呼び返されると、堪え切れなくなった涙があふれた。

今、この瞬間で時間を止めてしまえたらいいのに。

「ごめ、ん、俺、泣いて、ばっか、で……っ、っあん」

最後には、笑った顔を見てほしいのに。

「んっ、う、ハヤト、もっと、もっと、あっん、あ、あ、あ、あ」

ハヤトは何も言わず、再び激しく腰を使いはじめた。ぐちゅぐちゅと中をかき混ぜられ、全身が快楽に支配されていく。何度も達したはずなのに、限界を知らないように身体が昇りつめてゆく。

意識の奥のつぼみが今や完全に綻び、この寝台を取り巻く百の花とともに、花びらがこ

ぼれるようにひらく。

「あ、だめ、あ、気持ちいい、ハヤト、や、あ、あああ」

咥えこんだハヤトのものが、ぶるりと震えて更に硬さと体積を増す。

その重量に弱いふくらみをすりつぶされ、ぐずぐずになった最奥を押し貫かれる。目の裏がチカチカと点滅を繰り返す。

「お前は、誰よりも、何よりも美しい。ミコト」

「ハヤト……っ」

花びらが開き切り、新たな女王と王の誕生を祝う。

今を盛りと咲き乱れる花の香に酔い、この一瞬を謳歌《おうか》する。

身体の奥で咲き誇った大輪の花は、次の瞬間、はらりと散った。


ネリアオイの花びらのような、一面の白色に薄い黄色を刷《は》いた空。

一日のはじまりの冴え冴えとした空気。王宮の広大な敷地を取り囲む石壁には朝露が輝き、気難しい顔をした官吏たちが今日もその門をくぐる。そのずっと向こうの空は、並んだ家々の短い煙突から立ち上る煙に霞んでいる。

それらすべてを淡い光が優しく照らす。

今日も、彼の愛したこの地に、美しい夜明けが訪れる。

「おはよう」

呟く息は白いけれど、昔のような寒さは感じない。

この王宮で最も高い塔の上でひとり朝を迎えるのが、最近の習慣になっていた。

花を求め、故郷へ向けて、あの夜彼と飛び立った場所だ。

「おはよう。女王になっても、君は朝が早いな」

虚空に呟いたはずの言葉に返事があって、ミコトは驚いて背後を振り返った。

「先生」

「もはや私は君の先生ではない。君のおかげで突然死対策室長……だったっけかな。おかげで君に会うのも随分と久しぶりだ。今日はヤマイの収束の報告に上がらせて頂いた」

ミコトが女王に即位して、ひと月が過ぎようとしていた。

「ありがとうございます。本当に、お疲れ様でした」

「環境が整っていたからな。私がしたことはさほどない。……それにしても、美しいな」

眩しいものでも見るように、ノトが目を細める。

「ええ。ここからの眺めは、いつも……」

「違う。景色も美しいが、君だよ、ミコト君。少し痩《や》せたかな。美しすぎて、一瞬言葉を失った。私は豪奢な衣装だとか女王の位だとかにはまるで興味がないが、今の君は存在そ

のものが崇高《すうこう》で、形容が難しいほど美しい」

思いがけぬ賛辞《さんじ》に、戸惑って目を伏せる。

この一か月は、飛ぶように過ぎ去った。その間、自分のことを顧みる時間はほとんどなかった。ただ、彼のいない毎日を、彼の愛した世界を守ることだけを考えて過ごした。

「凍らせてあるんだって？　あの王子の身体も、花も」

ノトの言葉に、ひと月触れずにきた記憶に手を伸ばしてしまう。

彼の腕の中で目覚めた時、その腕は既に冷たかった。触れた頬のひやりとした感触。閉じた瞼には眠りの気配しかないのに、その瞳が自分を映さない絶望。よく気が狂わなかったものだと思う。

「あの本に、『氷室に王を横たえ』ってありましたよね。それと同じことをしようと思って」

「見事な発想だよ。それにしても、よくあの場所を使おうと思いついたね」

「……変な話ですが、キクナさんのおかげですね。彼の暴走であそこを知りましたから」

待機していたミレイに手伝ってもらい、ハヤトの身体を蟻神の祠までひきずって行った。伝記に王を蘇らせる記述があったのだから、きっと、ハヤトを助ける手立てはある。それだけを信じて身体が動いた。

「外にいた神兵たちには、頭がおかしくなったと思われたみたいです。ミレイさんが咄嗟に『お告げがあった』なんて説明してくれたんですけど」

「『お告げ』は良かったな。……しかしあそこは並外れて身体の強い王族だって長時間は耐えられない寒さだ。だから普段の神儀にも使われず、放っておかれている。君はよく無事だったね」

「女王になっていなかったら、死んでいたかもしれませんね」

実際、ハヤトと離れがたくて付き添っていた結果、祠の奥でミコトは倒れた。

ミレイがその後、彼の判断で女王の花を祠に運び入れてくれなかったら、希望が潰えるところだった。

「笑い事じゃないぞ。君まで失ったら、このコロニーはどうなる」

ノトの言葉に、ミコトは再びコロニーを見下ろした。美しく愛おしい風景。女王になってからはより一層、愛着を感じるようになっていた。

「彼を、蘇らせる見込みはできたのかね」

「……それは、まだ」

そう答えるのは辛かった。花の油の作り方はいくつもあって、何が正解なのか未だに分からずにいた。

「あの本では百花二色の泉が百花金銀の泉と言い変わっているので、つまり百花油とは金と銀、二色の油だと考えられます」

「じゃあ、あの花から金色と銀色、二色の油を作り出せればそれが正しい百花油、という

ことか」

「そう思うんです。けど、これが難しくて。おおまかなところでは、種から油を取るのではなくて、花を油に浸して作るのだろうなと考えているんですが……」

チハヤは、花を買った男達が花を釜に放り込んでいたと言った。恐らくその釜の中にはもうひとまわり小さい、油を入れた釜があって、湯の中で油を温めながら花の成分を油に溶け出させていたのだと思う。温浸、と薬師の中では伝わるその作り方では、最初透明だった油は、一瞬金色になるけれど、次第に茶色く濁る。温める時間や温度を変えてみても、結果は変わらなかった。

女王の儀が終わった今、新たに女王の花は咲かない。保存した女王の花をあまり無駄にはできず、焦りが募っている。

「古代から存在していた油といえばナノタネ油なので、ベースはナノタネ油で間違いないと思うんです。ただ、あと何を変えれば正しい百花油ができるのか……」

説明が尻つぼみになると、ノトにぽん、と背中を叩かれた。

「きっとできるさ。何せ君は由緒正しい薬師の血筋なのだからね」

ノトの言葉に、銀の小さな薬入れを胸元から引き出す。祖母なら、作り方がすぐに分かったかもしれない。自分にもっと知恵があれば、と歯痒《はがゆ》い。

「あの本に、女王が薬の民に銀の器を授けたっていう記述があったね。そこにある紋様は、

その器から取られたってことか。それが薬師の家に代々伝わっている……」

「ええ。対になっている器の紋様なんです」

「対だけれど……左右で上下が反転してるんだね。これは、何か意味があるのかい？」

まじまじと模様を眺めながらノトが言う。

「意味……ですか」

その紋様は小さい頃からずっと見てきたから、「そういうもの」だとしか思っていなかった。左側には器を表す線の下に一本の線があり、右側には下を向いた器の上に線がある。

左右対称の模様だ。

「この、器の下のギザギザの線は？」

「火です。薬を煮出してる様子を表していて……」

その時ふとミコトの頭に、ミレイが女王の紋様について語った言葉が過った。

――一番小さく弱きものと、一番大きく強きもの。左右で反対の意味を持ち、ひとつになって真実を表す紋様です
もう一度、まじまじとそのあまりに見慣れた紋様を眺める。

左側には、炎で温められる器が。そして右側には炎を表す線が上にあり、器が下に――。

油を温める作り方が温浸なら、冷浸、という花の油の精製法がある。冷浸は、熱を加えずに花の成分を抽出する、いわば温浸の反対の作り方だ。

反転する器と炎は、温浸と冷浸を表しているのではないか。
ドッ、ドッ、と心臓が早鐘《はやがね》を打ち出す。
「そういえば、あの伝承の意味も分からないままか」
ひらめきに手を強く握りしめていると、横でノトが思い出したように呟いた。
――百の花を褥に敷きつめ
――王の器に花の別れを満たさん
――花の別れ、右に花、左に礎
――王の命のもと、別れた花が集う時、この地は永久に栄えん
「百の花を褥に敷きつめ、が、儀式そのものを指してるんじゃないかと君は言ってたね」
「え、ええ。次の文はその儀式に百花油を使うという意味だと思うのですが、それが何故『花の別れ』なのか。その次の、右に花、左に礎、というのも……」
そう答えて、はっとする。右と左。薬師の紋様の右と左と、伝承の内容が頭の中でぴたりと符合する。
「右は冷浸、左は温浸……。じゃあ、花と礎って……？」
あの夢のことが、唐突に頭に浮かぶ。花が花芯と花びらに別れ、どこまでも落ちてゆく夢。この伝承にある「花と礎」は――。
「先生……っ！」

「なんだね、急に、どうした」

「正しい百花油の作り方が、分かったかもしれません」

儀式を行うため、ミコトが選んだのは、祈祷の間だった。中央の池の水をすべて抜き、乾いたその場所にまずは銀の油を注ぎ入れる。

限りなく透明に近い、青みがかったその液体は、花びらのみを油に浸し、湯で温めながら作ったものだ。その色が茶色く濁らず、綺麗な青銀色を帯びはじめるのを見た時は、喜びのあまりミレイに抱きつき、普段冷静な彼をあたふたとさせてしまった。

「花の別れ」、「花と礎」という言葉は、ひとつの花を花芯と花びらに分けるということだと、ノトとの会話で気付いた。

おそらく、花芯には熱に反応する成分が含まれていて、取り除かずに熱してしまうとあの恐ろしいヤマイをもたらす毒が生まれるのだろう。

「ミコト様」

声をかけてきたミレイに頷くと、彼の合図で秘密裏に協力してくれることになったハヤトの元部下たちが、黒い布に包まれたハヤトをゆっくりと池に沈める。ミコトの腰までの深さの池は、ほどなくしてハヤトの身体を飲み込んだ。

表面の揺らぎが消えるのを見届け、池のふちに立ったミコトは足元に置いた銀の大鉢の前にしゃがみ込んだ。

この器を満たす油は、女王の花の花芯のみを油に浸し、そのまま一日置いたものだ。半日経った頃からほのかに黄色く色付きはじめ、今ではまばゆい金色になっている。

柄杓《ひしゃく》で中身を掬い、めいっぱい手を伸ばすと、沈むハヤトの頭の上で柄杓を傾ける。少しずつ、花芯の油を垂らす。ゆっくりと波紋が広がり、水面に映るハヤトの輪郭《りんかく》が揺らぐ。

この金の油すべてが、ハヤトの命となりますように。

祈りながら一杯、また一杯と注ぎ足すと、清廉な銀色に、力強い黄金色がまざってゆく。彼を、深い眠りから呼び戻せますように。

絶えぬ祈りと共に柄杓を傾け続けていくと、そのうち黄金色の油は一面の銀の中でひとつの大きな円となった。

最後のしずくが落ちるのを確かめて、ミコトは静かに柄杓を大鉢に置いた。

黄金色の太陽が、銀色の空にゆっくりと滲んでゆく。やがて太陽がぼんやりとした影になると、こぽ、と泡がひとつ、池の底から浮き上がった。

ふたつ。そしてみっつ。最初の泡を追うように気泡が弾ける。

「あ」

ゆらり、とハヤトの身体が揺れるのを、ミコトの瞳は捕らえた。

そのまま少しずつ、少しずつハヤトの身体が水面に近づく。

揺蕩《たゆた》う銀の水面にまずは高い鼻先が、そして唇、閉じた瞼が姿を現すと、ミコトは矢も楯もたまらず池に飛び込んだ。

「ハヤトっ、ハヤト……！」

ぷかぷかと頼りなく浮かぶ肩に、縋りつく。顔中がべたべたになり、花の香りで息苦しいほどだけれど、そんなことどうでもいい。ぎゅっとハヤトを抱きしめると、その肩がわずかに震えた。

反射的に、身体を離す。

「ハ……ハヤト」

ミコトを惹きつけて止まなかった漆黒の瞳が、ゆっくりと開かれた。

「……っ、すげえ、におい…………ここは……」

「ハヤト……っ！」

ハヤトが何度か目を瞬かせる。

まだここがどこか認識できていないようにゆらぐ瞳の奥が、やがて焦点を結び、目の前の目の前のミコトをとらえた。

身体が歓喜に戦慄く。

と、ハヤトの身体が体重を取り戻したかのように油に沈みはじめる。

慌てて抱きとめようとしたけれど、ハヤトは自分で浅い池の中で上半身を起こし、濡れた前髪を鬱陶《うっとう》しそうにかき上げた。そうして、ひとつ息をつく。

「……またお前が、奇跡を起こしたんだな。意味わかんねえ。俺が、生きてるなんて……おっと」

もう何も考えられず、その胸に飛び込む。

「ありがとな」

耳元でハヤトがふっと笑った。

大きな手が後頭部を優しく撫でていく。ミコトは無我夢中で首を振った。

礼なんていらない。全部、自分のためにやったこと。コロニーのためじゃない。ただ、自分のためだけに。

「ミコト、ありがとう。……まだちょっと、眠ぃな」

ずっと聞きたかった声。抱き合って感じる温もりが、確かに彼が生きていると感じさせる。

ハヤトが帰ってきた。その喜びに全身を満たされて、ミコトは抱きつく腕に力を込めた。

東の塔の上から、コロニーを見下ろす。女王になってから毎朝眺めてきた光景を背に、ミコトは呟いた。

「おはよう」

いつもと違うのは、その景色が淡い朝陽ではなく、一日の最後の光に照らされていること。――そしてこの場所に立つミコトが、一人ではないということだった。

「おはようって時間じゃないな」

投げかけた言葉に、思った通りの返答があって、ミコトは微笑んだ。

「君が目覚めたから、おはよう。この三日の間、ずっと言いたかった」

背を反らし、伸びをするハヤトに向かって、もう一度挨拶をする。

眠い、の言葉のとおり、彼は三日間眠り続けた。

もうひと月もの間待っていたのだから、三日なんてどうということもなかった……というのは少し嘘で、彼を寝かせた部屋を、日に何度も覗きに行った。

そして目を覚ましたハヤトが、何事もなく歩き回れるようになるのを待って、ようやくミコトは彼をこの塔の上に誘ったのだった。

「……おはよう」

照れ隠しなのか、やや早口にハヤトが返してくれる。

「あっちの見張り番が、俺を見てすごい顔してたな」

「君のことは、まだミレイさんとごく一部の人しか知らない。まず明日の元老院の会議で公表……っていうか、そこに君にも同席してもらおうかと思うんだけど」

死んだはずの王がいきなり姿を現したら、刺激が強すぎるだろうか。

「元老院のジジイどもの顔が見ものだな」

「きっと大騒ぎになるだろうね。でも、早く君に参加してほしい。今検討中の新しい課税制度、どうも納得がいかなくて……」

女王になって、突然死問題を解決することはできたけれど、元老院の価値観や物事の進め方はいろいろ疑問に思うことが多い。ハヤトがいてくれたら、と何度も思った。

「会議で、化石みたいな奴らにいじめられてないか？」

「別に……俺の存在は、腫れ物みたいだけど」

幸か不幸か、そういう扱いには慣れている。苦笑いで答えると、ハヤトが何かを思いついたようだった。

「そういえば、お前の戴冠式《たいかんしき》は？」

「……まだだよ」

「そうか。できるだけ早く、大々的にやるといい。民の心は今、お前にある。まずはそれを奴らに示せ」

ハヤトの提案に、ミコトは目を瞬いた。

「ミレイさんと同じことを言うんだね。……俺は、君を待ってたんだ」

「俺を？」

うん、と頷いて、ハヤトを見つめる。

「俺が冠を授かるなら、君が隣にいてくれないと。だから君が戻ってくるまで、待ってた」

待っていて、良かった。

思いを込めて微笑むと、ハヤトが大きく息を吐く。

「……悪かった。ずっと、寝てて」

冗談めかして言う彼に、ミコトは笑った。

「そうだよ。ようやく目を覚ましたと思ったら、君は更に三日も寝てた」

「最初に七日も寝てたお前よりはましだな。……遠征先でお前が女王候補だって分かって、でも倒れたままなかなか目を覚まさないって聞いた時は気が気じゃなかった」

ミコトは驚いて目を見開いた。女王の間に姿を現した時は、ミコトのことなど眼中にないと言わんばかりの態度だったのに。そういえば、その頃の話をほとんど聞いていない。

「どう、思った？　相手が俺だって分かった時」

「……最初は、嘘だと思った。こんな偶然、ありえないだろって」

そうだろう、と思う。自分も相手がハヤトだと分かった時、驚いた。もっともそれ以上に、自分が女王候補だということが信じられなかったけれど。

「次に、神に感謝した。『神はいる』って、本当に、そう思った。死が待っている身に、これ以上の祝福はないって……おい、自分が質問したんだから、最後までちゃんと聞けよ」

「っ、もう、いい」

ミコトは膝から力が抜けそうになった。神に感謝なんて、大袈裟だ。恥ずかしくて、聞いていられない。

きっと赤らんでいるだろう頰を隠したくてハヤトに背を向けようとしたけれど、それは許されなかった。顎を掴まれ、顔を覗き込まれる。

「ハヤト……っ！」

「お前、ほんと、かわいい。なあ、お前を前にするたび、どれだけ俺が我慢してたか知ってるか?」

「っ、全然、知らなかったよ。君はいつも、不機嫌そうだったし」

「でも、俺の香りを感じてただろ?」

「……あ」

そうか。発情と共に香りは強くなる。今思えば、自分がハヤトの香りが濃くなるのを感じていた時、彼は――。気付いて更に頰が熱くなる。

「その顔は反則だろ」

「っ、反則って言われても、どうにも、ならなっ……」

顔を背けようとしたけれど、両頬を挟まれ、こつりと額を合わせられる。

「……いいか？」

少し動いた視線と低く掠れた声で、彼が口づけを求めているのだと、すぐに分かってしまった。

「っき、聞かないで」

「……相手は女王様なわけだし、一応」

欲望を目に宿したまま、ハヤトが軽口をたたく。頬も、目元も熱い。きっと睨むとハヤトの瞳は嬉しげに細まり、親指の腹が熱を持った下まぶたをそっと撫でた。

そのまま彼の瞳が伏せられ、ゆっくりと唇が重なる。

柔らかな感触とその体温が嬉しい。

ただ抱き合い、唇を合わせ、互いの存在を確かめ合う。

ふと、風を感じた。

自分とハヤトを包み込んだ風は、このコロニー中を吹き渡る。冷たい大地を撫で、氷河の裂け目をなぞり、小麦の穂を揺らし、小屋の風車を回す。

そのどれもを、たまらなく愛おしく思う。

この地で、この人と。

溢れる思いに、ミコトはそっと唇を離した。

「ハヤト」

目を伏せたまま、まだ唇が触れそうな距離で呟く。

「これからずっと、俺のそばにいて」

女王は、百年の時を生きるという。ドミナントの寿命は一般に七十年程度。いつかはまた彼を、見送ることになるかもしれない。

その時まで、ずっと、一緒にいてほしい。ひとり残された後も尚、この身に愛が残るように。ひとりでも、この地を愛してゆけるように。

「俺が最初そう言った時、お前すごい顔してたよな。絶対ごめんだって顔に書いてあった」

「え？　あ、あれは……っ」

あの時はまだ、ハヤトのことをよく知らず、儀式で変わってしまった自分の身体のことでいっぱいいっぱいだった。だいたい、あの時のハヤトの言葉は今ミコトが使ったような意味ではない。

「冗談だよ。……それが、最初の命令だな」

彼の手が、ミコトの右手を掬い上げた。

「……仰《おお》せのままに。女王陛下」

言葉と共に、手の甲に口づけが落ちてくる。

「この命果てるまで、あなたのおそばに」

低く、厳《おごそ》かな彼の声に、ミコトの目は潤んだ。

彼の手の中にある、女王の御印を見る。

最も小さきものは、最も大きなものに。最も弱きものは、最も強きものに。

多分自分は、大きなものにも、強きものにもなっていない。きっとこの先も何度も反転する運命の中で、迷い、弱さを嘆き、自分を見失うだろう。

けれど彼がいれば、何度でも運命を覆そうと足掻ける。そういう愛を、ハヤトはくれた。

「俺も、ずっと、君のそばにいる」

その尊い印に、ミコトも我が王とコロニーへの忠誠を誓った。

＊＊＊

かくて、蟻の婚礼は果たされる
ふたつの命、二十の夜、百の花の結びに
女王が王とともにあるとき、この地に百年の繁栄がもたらされるだろう

了

■あとがき■

はじめまして、または拙作《せっさく》を再び手に取って下さってありがとうございます、手嶋《てしま》サカリです。

今回は、まるごとファンタジーな設定のお話を書かせて頂きました。地上が氷に包まれて人間が滅び、蟻《あり》と人間が融合して生まれた蟻人が支配する世界が舞台です。

この世界で数少ない（そしてとても弱い存在の）人間のミコトは何故か女王候補に選ばれてしまい、蟻人の王子でかつて同じ高校に通っていたハヤトと再会します。突然重責を担わされ戸惑うミコトに対し冷たく接するハヤトですが、実は彼もある使命を負っていて……という物語です。

ファンタジー初挑戦なのですが、現実とは異なる世界ならではのドラマチックな展開を楽しんで頂ければ幸いです。

これ以上ない素敵なイラストを描いて下さったＣｉｅｌ先生に感謝します。完成した表紙を拝見した時、空の色があまりに美しくて時間を忘れて見入ってしまいました。見合った中身にしなくては、と自分に活《かつ》を入れ直しました。

そして今回、ファンタジー初心者の私を導いて下さった担当さまには、いくら感謝して

もしきれません。何もかも手探りで、このお話がこうして完成をみたのは百二十パーセント担当さまのおかげです。チャレンジさせて下さって、ありがとうございました。

余談《よだん》ですが、本作を書いている最中に、この『蟻の婚礼』が小説を書きはじめた投稿時代から数えて十作目だということに気付きました。時間は結構かかっているのですが、あっという間に感じます。

一作品書き終えると、書くことに少し慣れてきたなと感じるものの、新しい作品に取り掛かるとすぐに未知の困難に遭遇して余裕をなくすという繰り返しです。何作か読んで下さっている方に、少しでも成長を感じて頂けるよう精進《しょうじん》していきたいです。

最後に、この本に携《たずさ》わって下さった全ての方にお礼を申し上げます。ありがとうございました。

また、どこかでお目にかかれるよう祈りつつ。

手嶋サカリ

初出
「蟻の婚礼」書き下ろし

CHOCOLAT BUNKO

この本を読んでのご意見、ご感想をお寄せ下さい。
作者への手紙もお待ちしております。

あて先
〒171-0014東京都豊島区池袋2-41-6
第一シャンボールビル 7階
(株)心交社　ショコラ編集部

蟻の婚礼

2018年5月20日　第1刷

著　者:手嶋サカリ
発行者:林 高弘
発行所:株式会社　心交社
〒171-0014　東京都豊島区池袋2-41-6
第一シャンボールビル 7階
(編集)03-3980-6337 (営業)03-3959-6169
http://www.chocolat_novels.com/
印刷所:図書印刷 株式会社